POUR EN FINIR AVEC LES BOULES DE NOËL !

DE LA MÊME AUTRICE

PTDR. Pour une thérapie du rire, Leduc, 2021.
Petit éloge du rire (avec Jessica Cymerman), Leduc, 2023.

Julie Mamou-Mani

POUR EN FINIR AVEC LES BOULES DE NOËL !

50 techniques infaillibles
pour passer l'hiver sans y laisser sa peau

Robert Laffont

ISBN : 978-2-221-28264-9
Dépôt légal : novembre 2025
Éditions Robert Laffont – 92, avenue de France 75013 Paris
contact@robert-laffont.com

À mes parents, Chantou mon chou et Mamou,
mes parents préférés !

Ce n'est pas que je déteste Noël,
c'est que je déteste qu'on m'oblige à l'aimer.

Françoise Sagan

**Finalement,
le calendrier
de l'Avent,
c'est comme
le salaire,
tu bouffes tout
avant le 25.**

Préamboule !

Chers lecteurs,

Si vous avez ce livre entre vos mains, quelque chose me dit que vous souffrez du même mal que moi. Sachez que cette maladie a un nom, elle s'appelle la natalophobie.

Ses symptômes sont les suivants :

— bouffées d'angoisse soudaines, dès le 1er décembre ;
— maux de tête à la vue de guirlandes lumineuses ;
— nausées survenant brusquement face à la prolifération de sapins chez votre fleuriste préféré (couramment suivies d'une attaque de tachycardie déclenchée par le combo prix/cas de conscience écolo) ;
— désespoir au moment de la consultation du compte en banque - adieu vacances d'été, bonjour cadeaux inutiles à gogo pour toute la famille ;
— dans les cas les plus extrêmes, des envies de meurtre peuvent apparaître quand les premières notes de *All I Want for Christmas Is You* de Mariah Carey commencent à retentir.

Déjà Gustave Flaubert avait à son époque diagnostiqué ce mal qui nous flingue tout le mois de décembre :

« Noël n'est pas une fête religieuse, c'est une débauche commerciale. »

Bref, soyons clairs, nous détestons Noël, période de bonheur réglementaire où tout vient nous rappeler en permanence que ce doit être un moment magique, sourire béat aux lèvres et gratitude mielleuse dans les yeux obligatoires. Certains font comme si tout allait bien alors que, pour nous, natalophobes, c'est une période in-sur-mon-ta-ble.

Pire encore, c'est la période de l'année durant laquelle notre culpabilité est à son max : notre panoplie habituelle de mère parfaite, cuisinière émérite, décoratrice inspirée et diplomate en chef en prend un coup quand il faut composer avec la tante reloue qui a un avis sur tout et le neveu premier de la classe qui fait briller nos propres gosses par leur ignarerie. En gros, on se sent un peu minable.

Mon neveu a revendu mon cadeau de Noël sur Leboncoin... Je l'ai racheté incognito pour le lui offrir à son anniversaire.

En réalité, pour nous, comme pour Orelsan, Noël est une défaite de famille. Pour faire passer la pilule et mieux digérer la dinde (toujours sèche, archisèche !), rien de mieux qu'une bonne romcom (une comédie romantique, ndlr pour les boomers).

Léger problème, les chaînes de télé trouvent très malin de les programmer dès le 15 octobre. Résultat : le 25 décembre, ça fait déjà deux mois qu'on est en PLS (encore pour vous, les boomers : position latérale de sécurité, en gros, ça veut dire qu'on *souffre*). Et le fait que ce soit la 67 864 e diffusion n'annule pas nos larmes de crocodile natalophobe au bord du craquage...

Vous l'aurez compris, j'ai depuis longtemps intégré la team « Ras le pompon du chapeau du Père Noël » !

J'ai donc bien été obligée de me mettre en quête de quelques trucs infaillibles qui me permettraient de passer les fêtes sans me fâcher avec tout le monde, en évitant d'être celle qui plombe l'ambiance – alors que c'est *moi* qui serais à plaindre, si vous voyiez les ravis de la crèche que je me coltine... Enfin bon... Après des années d'errance, ces trucs, je les ai trouvés !

C'est parti pour mes recos (reco-mmandations, toujours pour vous, mes boomers), elles tiennent en trois points, et c'est cadeau :

— devenir juif, musulman ou bouddhiste ;
— se séparer et obtenir la garde partagée ;
— partir en voyage loin, très loin.

Des propositions (un peu) extrêmes, mais qui ont fait leurs preuves !

Pour les plus modérés d'entre vous, il m'en reste encore un peu sous la pédale et je vais vous donner quelques trucs dans ce livre. Mais d'abord, on pourrait faire un peu connaissance... Vous vous souvenez, vous, de votre trauma originel de Noël ?

Pour moi, ça a commencé à 12 ans, et je dois tout à ma tante qui a frappé un grand coup avec ce cadeau inoubliable : un sac à sacs en forme de chat (vous avez bien lu, un sac pour ranger des sacs en plastique, WTF, tatie ?). Ce jour-là, j'ai compris que Noël était et serait un moyen de vider son placard – ou ses sacs plastiques, si on est chanceux. Depuis cet épisode, j'ai vécu dans la hantise des fêtes de fin d'année (et je n'ai encore rien dit sur le réveillon, patience, patience !) auxquelles il est quasiment impossible d'échapper si on veut rester un minimum civilisé. Pour faire face à l'adversité et sortir à peu près indemne du mois de décembre, j'ai dû développer un arsenal de solutions et de parades variées.

Alors voilà. Pour éviter que le Père Noël finisse, une fois de plus, en vieille ordure déguisée en Coca-Cola... j'ai enfilé ma cape de Super Mamouz, vissé mon bonnet d'autodérision sur ma tête, et dégainé mon sabre laser de bonne humeur. Mission ? Sauver Noël.

Enfin... sauver, c'est un grand mot. Disons plutôt : vous aider à survivre à cette grande kermesse émotionnelle sans vous noyer dans le champagne tiède ni étrangler tatie Josette à cause du débat sur la dinde.

Ici, pas de recettes magiques mais des astuces, des techniques et des idées 100 % testées par mes soins (et souvent sur moi-même, dans des conditions extrêmes : embouteillages de centres commerciaux, repas de famille à rallonge, sapins en grève...). Spoiler : on ne parle pas de miracle mais on parle de vous. De nous. Et de ce qu'on peut encore sauver de ces fêtes si on les dépoussière un peu. Avec humour. Et un zeste d'humanité.

Alors, on y va ou vous préférez vomir direct ?

Ce livre est une boîte à outils du mieux-être pendant cette période éprouvante. Vous y trouverez un mix de Bridget Jones et de développement personnel.

Mon astuce pour passer un repas de Noël serein avec ma famille ? Fourrer la dinde avec du Xanax.

Dans ce survival kit, j'ai tout donné pour vous aider à supporter le pire, vous proposer des moments de kif intempestifs, du gribouillage magique, de la danse des cinq rythmes. Cinquante trucs pour aller mieux et retrouver cette étincelle qui rend la vie plus légère, plus facile et plus douce. Pour cela, j'ai tout expérimenté avec le sérieux d'un chercheur en laboratoire, du bain de forêt à la colorthérapie (rien à voir avec la coloscopie mais, cette fois, les boomers le savent) en passant par le chant des voyelles.

Mesdames, messieurs, natalophobes de tout poil, nous allons réapprendre des choses simples et essentielles… Comment la chaleur d'un feu de cheminée, une balade sous le soleil d'hiver ou les ressources insoupçonnées de l'amitié peuvent être nos meilleures alliées. Vous découvrirez aussi que les neuroscientifiques confirment ces bienfaits. Chacun de mes conseils est validé par des études qui prouvent leur impact positif sur le cerveau et sur le corps. Que ce soit pour réduire le stress, améliorer la concentration ou stimuler la créativité, ces techniques fonctionnent particulièrement pendant toutes les festivités.

Cerise sur le gâteau : elles sont faciles à mettre en place au quotidien. Pas besoin de matériel high-tech ni d'entraînement intensif. Et surtout, pas besoin de gadgets hors de prix ni de stages ésotériques. Ces astuces sont simples, accessibles et ultra-efficaces. La science l'a prouvé : elles prolongent même l'espérance de vie et permettent de surmonter le stress des fêtes sans avoir à glisser discrètement un Prozac dans son mousseux.

Natalophobes de tous les pays, unissez-vous !

Noël, c'était quand même plus sympa à l'époque où c'était pas moi qui devais acheter tous les cadeaux.

Julie Mamou-Mani, *aka* @mamouz sur Instagram

L'optimiste ne refuse jamais de voir
le côté négatif des choses,
il refuse simplement de s'attarder dessus.

Alexander Lockhart

– 1 –

Bougez-vous !

Truc 1 : Dansez

Pour commencer tout en douceur, je vais vous délivrer mon conseil le plus simple : dansez ! Lâchez-vous, délestez-vous des tensions, des préparations de Noël.

Bougez.

Votre.

Booty.

Ce n'est pas un hasard si dans notre romcom préférée, *Love Actually*, le très sexy Premier ministre Hugh Grant se lance dans une choré (et un déhanché… !) des plus mémorables sur les Pointer Sisters.

La danse, c'est *ma* discipline de prédilection. Depuis que je suis haute comme trois pommes, je suis une vraie pile électrique sur pattes ! *Grease*, *Flashdance*, *Fame*… j'étais incollable sur ces classiques, comme si j'avais avalé une encyclopédie de la danse – et je ne vous parle même pas des clips RnB sur MTV Base, que j'étais capable de reproduire les yeux fermés (bon, parfois je me cognais contre les meubles, mais c'est un détail). Je m'imaginais déjà gagnante de *The Grind*... (Oh, je vous vois, les millennials, ne faites pas trop les malins, mais OK, je veux bien faire un peu de pédagogie : *The Grind*, c'était une émission culture sur MTV, où les participants dansaient autour d'une piscine et où on élisait le meilleur danseur !)

Quand mon père me demandait pourquoi je ne faisais pas de sport, je lui répondais, sourcil levé et sourire prétentieux en coin, que je m'entraînais pour les JO de la danse en boîte de nuit. Il n'a jamais validé mon concept.

Chaque fois que les premières notes de *Crazy in Love* retentissent, je me jette sur la piste et reproduis chaque geste de QueenB avec passion (oui, oui, même le passage par terre, honnêtement ça vaut le détour). Et puis un jour, je découvre Ohad Naharin et sa gaga dance. Non, rien à voir avec Lady Gaga, on se calme ! C'est une danse où ton corps fait ce qu'il veut, sans jugement. Dans les années 1990, ce super danseur magnétique libère totalement la danse et crée des mouvements corporels très fluides, amusants et totalement hors cadre ! Sa gestuelle se concentre sur l'exploration des sensations corporelles et sur l'expression individuelle. Elle vise à renforcer la conscience du corps à travers des enchaînements organiques et fluides. Lorsque je m'inscris, le professeur nous propose de faire l'algue ou encore le spaghetti dans une casserole bouillante – tout pour plaire à mon père, qui s'est vite assis sur les projets sportifs qu'il avait pour moi... C'est même là que j'ai appris à faire sourire mon « Pelvis Presley » ! (Vous avez bien lu...) Imaginez un peu la tête des gens dans le métro quand je m'entraînais… à faire bouger mon pelvis comme Elvis Presley !

Mais attendez, ce n'est pas fini ! J'ai aussi testé la cosmic dance avec Cosmo Gonik – merveilleux ! Les gens qui sont venus voir mon spectacle s'en rappellent encore (eh oui, la fortune sourit aux audacieux !). C'est une expérience immersive inspirée par l'ecstatic dance où l'on danse pieds nus, sans chorégraphie, en se laissant porter par des rythmes doux et exotiques. C'était comme danser sur la Lune, mais sans la combinaison spatiale (ouf, parce que c'est pas hyperconfortable, ce truc-là).

Et pour finir en beauté, j'ai plongé dans la danse des cinq rythmes de Gabrielle Roth (conseillée par ma chamane, voir truc 38). C'est comme un menu dégustation, mais version danse. On passe du fluide au staccato, du chaos au lyrique, et on finit par la quiétude. Un lundi au bureau comme un autre, en fait !

Maintenant, je m'entraîne devant les chorégraphies d'*Emilia Pérez*. Mon rêve ? Avoir le même costume en velours rouge que Zoe Saldaña. Je suis sûre que ça m'irait comme un gant… !

Mais reconcentrons-nous un peu : pourquoi la danse nous rend-elle si heureux, me direz-vous ? C'est tout simple : quand on danse, notre corps libère des endorphines. Une sorte de cachet de bonheur sans ordonnance ! Les mêmes effets que le sport, mais en plus fun et sans les courbatures le lendemain (enfin, ça dépend !). Des études ont montré que danser régulièrement améliore l'humeur, les symptômes psychosomatiques, et rend plus joyeux. La danse aide l'esprit à s'ouvrir et à se libérer des pensées qui l'accaparent, réduisant ainsi le stress et procurant un sentiment de bien-être.

Alors, qu'est-ce que vous attendez ? Secouez-vous comme un cocktail shaker, vous serez plus heureux qu'un chat devant une piscine de croquettes. Levez-vous de votre canapé et commencez à bouger ! Même si vous dansez comme un pingouin avec des chaussures de ski, l'important, c'est de s'amuser. Et qui sait, peut-être qu'un jour on vous verra dans *Danse avec les stars* ? En attendant, lâchez-vous comme si personne ne vous regardait…

Ainsi que l'a si bien dit Charlotte Delbo, auteure rescapée des camps de la mort : « Apprenez un pas, une danse, quelque chose qui vous justifie, qui vous donne le droit d'être habillés de votre peau, de votre poil. »

Alors les copains, prêts pour une petite séance de danse à la Mamouz ? Allez, on enfile ses chaussettes antidérapantes et c'est parti ! Hop, hop, hop, on se trémousse !

Truc 2 : Marchez

Ma seule addiction dans la vie, c'est marcher. Dix mille pas par jour, jamais un de moins ! Je suis littéralement accro à mon podomètre. Au départ, c'était purement pour me maintenir en forme – OK, soyons honnêtes : pour me faire un boule d'enfer –, mais avec le temps, la marche est devenue bien plus. Aujourd'hui, elle remplit mille fonctions dans mon quotidien : bureau en plein air, cabine téléphonique, espace de structuration pour mes conférences… Bref, c'est mon outil secret et, surtout, un rituel qui a littéralement changé ma vie.

Je suis loin d'être la seule. La marche a été l'alliée de nombreux grands penseurs à travers l'histoire. Et pour cause, elle stimule l'esprit autant que le corps. Vous me suivez à la découverte de cette passion partagée ?

Aristote, philosophe de la Grèce antique, était célèbre pour sa manière d'enseigner en marchant. Ses disciples étaient surnommés les « péripatéticiens », littéralement « ceux qui se promènent ». (Au féminin, ça vous rappelle quelque chose ?)

Pourquoi ? Parce qu'Aristote avait compris que la marche stimule la concentration et favorise la réflexion. En mouvement, les idées circulent mieux et le dialogue devient plus fluide. Qui ne fait pas les cent pas lors d'une discussion téléphonique importante ? La marche n'était pas un simple déplacement physique pour lui, mais un moyen de libérer l'esprit.

Rousseau, autre amoureux de la marche, considérait celle-ci comme une source inépuisable d'inspiration. Dans *Les Rêveries du promeneur solitaire*, il raconte comment ses balades l'aident à penser et à écrire. Pour lui, marcher était une forme de méditation en action, un moment pour se recentrer sur l'essentiel tout en observant la nature. « Il semble que je ne puisse penser, sentir ni vivre que lorsque je marche », écrivait-il.

Pour Friedrich Nietzsche, les grandes idées ne viennent pas quand on est assis derrière un bureau, mais quand on se met en mouvement. « Les pensées qui viennent en marchant ont une valeur spéciale », affirmait-il. Il attribuait même certaines de ses meilleures intuitions philosophiques à ses longues balades dans les montagnes suisses.

D'après Walter Benjamin, enfin, la marche était avant tout une façon d'explorer la ville. Ce penseur du XXe siècle aimait arpenter les rues de Paris, à la recherche d'inspiration dans l'architecture, les passants et les détails de la vie urbaine. Il a d'ailleurs popularisé la figure du « flâneur », cet observateur curieux et attentif qui redécouvre la ville à chacun de ses pas. C'est une manière d'habiter le monde et de s'imprégner de sa beauté.

Et si la marche était magique ? Ce que les philosophes avaient compris intuitivement, la science l'a confirmé :

— stimulation cognitive : selon une étude de l'université Stanford, marcher augmente la créativité de 60 %. Le mouvement libère les idées et améliore la résolution de problèmes ;

— réduction du stress : la marche en pleine nature réduit le taux de cortisol (hormone du stress) et augmente celui de la sérotonine (hormone du bien-être) dans le corps ;

— amélioration de la mémoire : des chercheurs de l'université de l'Illinois ont montré que marcher régulièrement booste la mémoire et ralentit le déclin cognitif ;

— booster pour la santé cardiovasculaire : c'est comme offrir un massage quotidien à votre cœur ;

— amélioration de votre sommeil et augmentation de votre espérance de vie : les marcheurs rapides gagneraient jusqu'à vingt ans d'espérance de vie.

En un mot, la marche est une véritable potion magique pour votre santé physique et mentale. Plus qu'un simple exercice, c'est une philosophie, une source d'inspiration, et un antidote à la morosité.

Je laisse le mot de la fin à Thomas, *aka* « mon grand » (il est coach sportif) : « Un pas après l'autre, et c'est toute ta vie qui avance ! »

Alors mes amis, qu'attendez-vous ? Enfilez vos baskets, ouvrez votre porte et partez à l'aventure ! Qui sait, peut-être que vous trouverez l'inspiration pour votre prochain best-seller au coin de la rue, ou que vous résoudrez l'énigme de l'univers en faisant le tour du pâté de maisons ?

On se bouge ?

Truc 3 : Courez !

Je commence à ressentir les effets du sport : tous les jours, je me dis que je vais courir, et je rigole tellement que j'en ai mal aux abdos !

Un 15 août, mon amie Adèle (grande tige sportive qui semble courir comme je me brosse les dents) me propose de participer au semi-marathon de Paris qui a lieu dans deux mois, en octobre.

Incroyable ! Huit semaines plus tard, je suis en eau, écarlate et essoufflée comme un bœuf, mais je franchis la ligne d'arrivée… et pendant un mois, je suis sur un petit nuage (mes cuisses, en revanche, me paraissent moins légères que ledit nuage !).

L'année suivante, ne crachant jamais sur un nouveau challenge, je décide de disputer un marathon et me voilà bientôt au milieu d'une bande de dieux grecs courant à 150 kilomètres par minute sur les sentiers de l'Olympe. Mais après 47 fractionnés, notre coach nous félicite : « Bravo à ceux qui sont toujours là, en plein hiver, vous êtes vraiment des acharnés ! »

Attendez, je vous explique. Il se passe un truc incroyable quand on court. C'est comme si vos jambes devenaient des baguettes magiques qui chassent le stress et la déprime. David Servan-Schreiber, ce sorcier de la santé, recommandait même de courir 30 minutes, trois fois par semaine, pour éviter les antidépresseurs. Comme un baume qu'on applique sur les baisses de moral, mais version sueur et courbatures ! Voici pourquoi courir, c'est le nouveau Prozac.

— Ça libère des endorphines : en gros, c'est votre cerveau qui organise sa propre rave party !
— Ça réduit le stress : adieu les tensions, bonjour la zen attitude !

— Ça améliore le sommeil : fini les nuits à compter les moutons, vous allez dormir comme un bébé (qui aurait couru un marathon) !
— Ça booste la confiance en soi : chaque kilomètre parcouru est comme une médaille que vous vous offrez !
— Ça améliore la santé cardiovasculaire et respiratoire, aide à réduire la pression artérielle et augmente la capacité pulmonaire, ce qui peut réduire les risques de maladies souvent associées au stress.

Alors, mes petits marathoniens en herbe, n'attendez plus ! Enfilez vos baskets, sortez dans la rue et courez comme si une horde de licornes enragées était à vos trousses.

Truc 4 : Nagez

Ce conseil vous paraîtra peut-être à contre-courant… mais croyez-moi, il n'y a pas mieux qu'un plongeon tête la première dans l'eau pour éliminer une bonne gueule de bois ! Mon idole absolue, Karen Blixen (auteure danoise qui a écrit le best-seller *Out of Africa*), résume parfaitement mon sentiment avec ces mots : « L'eau salée est le remède à tous les maux : la sueur, les larmes ou la mer. »

Depuis toute petite, j'ai une véritable passion pour l'eau. À 2 ans, persuadée d'être une championne de natation, je me suis fièrement jetée dans le grand bain… pour couler comme une pierre, évidemment ! Mais qu'importe, l'attirance était déjà là, irrésistible. La mer, la piscine, c'est mon élément. Je suis un petit poisson, une sirène des temps modernes. Et quand je ne barbote pas, je m'émerveille face à la mer, hypnotisée par sa beauté infinie. Elle est à la fois mon terrain de jeux et mon refuge. J'ai l'impression qu'Homère me murmure son *Odyssée* quand je la regarde (normal, non ?).

La mer, c'est un grand lave-linge émotionnel. Tous vos soucis sont emportés par les vagues. Euripide, lui, allait encore plus loin en affirmant que « la mer lave toutes les souillures des hommes ». C'est comme un grand purificateur pour l'âme. Imaginez un peu : vous plongez dans l'eau avec vos tracas, et hop ! vous en ressortez plus propre qu'un sou neuf, à l'intérieur comme à l'extérieur !

Pourquoi la mer nous fait-elle tant de bien ? Figurez-vous que c'est scientifiquement prouvé :

— la mer réduit le stress et l'anxiété. Un antidépresseur naturel, mais sans effets secondaires ! L'air marin est rempli d'ions négatifs qui boostent notre humeur, on respire du bonheur à l'état pur. Le bruit des vagues a un effet apaisant sur notre cerveau. Une vraie berceuse pour adultes ;

— nager dans l'eau de mer renforce notre système immunitaire. Un vrai cocktail vitaminé ! La vue de l'horizon marin élargit notre perspective, nos problèmes deviennent soudain tout petits lorsque nous nous retrouvons face à l'immensité de l'océan. Même les ophtalmos recommandent de regarder au loin pour améliorer votre vision, alors je vous le dis : regardez la mer !

Que vous soyez une sirène ou un petit poisson débutant, nagez, contemplez, respirez… Faites de la mer votre terrain de jeux et votre thérapie personnelle.

Et vous savez quoi ? « Si on ouvrait des gens, on trouverait des paysages. Moi, si on m'ouvrait, on trouverait des plages. » C'est beau comme du Agnès Varda, non ? Et c'est vrai que la mer, ce n'est pas juste un endroit, c'est une partie de nous.

Alors, on enfile son maillot de bain et on va se « merrer » ?

– 2 –

Câlinez votre estomac

Juste avant de manger un morceau de pain,
si la pleine conscience est là,
si l'Esprit Saint est là,
on peut manger le pain de manière
à toucher profondément tout le cosmos...
C'est pourquoi en mangeant un morceau de pain,
vous mangez le nuage, vous mangez le soleil,
vous mangez les minéraux, le temps, l'espace, tout.

Thich Nhat Hanh

Truc 5 : Croyez aux pouvoirs de la bouffe !

Ah ! Noël et son foie gras, son saumon, ses langoustes, son pain d'épices, ses truffes, ses dindes farcies aux châtaignes... Un dîner semé de bûches et d'embûches caloriques ! N'en jetez plus, je vais vomir ! Mais voilà quand même un des seuls avantages de Noël : on mange bien… parfois trop, d'accord !

Sondage : existe-t-il meilleur remède au cafard que des petits plats réconfortants préparés avec amour ? Je ne crois pas ! Mais pourquoi manger nous procure tellement de joie ? Certains aliments boostent l'humeur et Hildegarde de Bingen l'avait déjà compris ! Imaginez un peu : une nonne du XIIe siècle qui concocte des recettes pour être joyeux comme un pinson. Pas banal, n'est-ce pas ? Visionnaire, un peu, la Hildegarde – une sorte d'Elvira Masson du Moyen Âge, version spirituelle et médicinale !

L'avantage quand tu es végane, c'est qu'après Noël tu peux bouffer le sapin.

Cette sacrée Hildegarde, elle n'était pas du genre à faire dans la dentelle. Elle a écrit des bouquins entiers pour expliquer comment se régaler tout en se soignant. Son truc à elle ? Des aliments qui vous font sourire plus vite que votre reflet dans une cuillère !

Alors, quelles sont ses recettes magiques ? Accrochez-vous bien.

— L'épeautre : le super-héros des céréales, selon notre Hildegarde. Apparemment, ça vous donne un « esprit joyeux » et ça « met de l'allégresse dans le cœur ». Un câlin pour votre estomac !

— Le fenouil : pas seulement bon pour l'haleine, ce petit légume croquant « rend le cœur joyeux », c'est le sourire version végétale.
— Les châtaignes : elles vous redonnent force et joie, c'est un boost d'énergie !
— Mais le must du must, ce sont ses fameux biscuits de la joie. La recette ? Un mélange d'épices qui vous fait planer (légalement, bien sûr) : noix de muscade, cannelle et clou de girofle. Grosse fiesta dans votre palais ! La noix de muscade, selon Hildegarde, « ouvre le cœur, purifie les sens et donne de bonnes dispositions ». On ne va pas s'en priver !

Et vous savez quoi ? On commence aujourd'hui à découvrir qu'elle avait raison. Ces épices contiennent des molécules qui agissent sur notre cerveau pour nous rendre plus heureux. Alors la prochaine fois que vous vous sentez un peu mou du genou, faites comme Hildegarde : croquez dans un biscuit de la joie qui vous fera planer, mangez une salade de fenouil et souriez à la vie (attention, il vous restera peut-être un peu de fenouil entre les dents) ! Après tout, comme dirait notre bonne sœur médiévale : « Un esprit joyeux est le meilleur des remèdes. » (Bon, j'avoue, j'ai inventé cette citation, mais ça lui ressemble, non ?)

Depuis peu, j'ai rencontré une spécialiste du manger joyeux beaucoup plus moderne, c'est Emilie Steinbach, docteure en biologie intégrative. Son objectif de vie : optimiser notre santé ! Pour elle, le déclic s'est produit lorsque, adolescente, elle s'est rendu compte que son

TDAH (trouble du déficit de l'attention avec hyperactivité) pouvait être apaisé si elle mangeait des protéines au petit déjeuner. Aujourd'hui, elle explique avec humour comment nous sommes passés de « l'état de chasseur-cueilleur à celui de larve de canapé addict à la malbouffe » (j'avoue me sentir assez concernée, et particulièrement entre le 25 décembre et le 1er janvier !). Un microbiome bien nourri est un cerveau heureux et apaisé. Environ 80 à 90 % de la sérotonine, connue pour être le neurotransmetteur du bien-être, sont produits dans l'intestin. Alors n'oubliez pas les protéines.

Un petit mot sur le régime méditerranéen pour finir, parce qu'on adore l'huile d'olive, les pastas et les poissons gras (bon, il nous arrive de manger quelques légumes parfois, évidemment qu'on ne dit jamais non à une farandole de tomates, olives et poivrons haute en couleur !), alors on a voulu savoir ce que ça valait. Verdict : une étude pionnière a démontré qu'en encourageant des patients souffrant de dépression majeure à manger selon ces principes, plus d'un tiers des participants se sentaient mieux au bout de trois mois. Bonne nouvelle pour mes vieux qui ont créé le fan-club des pâtes du dimanche soir ! Je comprends mieux leur mood positif, puisqu'il paraît que la richesse des pâtes en tryptophane et en vitamines B3 stimule notre humeur, réduit le stress et nous rend plus heureux.

N'oubliez pas : manger, selon Hildegarde, c'est aussi nourrir son âme. Alors, à vous l'huile d'olive à gogo, à vos fourneaux, et que la joie soit avec vous !

— De toute façon,
ça ne sert à rien de faire
attention aux calories
entre le Jour de l'an et Noël !
— Tu veux dire entre Noël
et le Jour de l'an ?
— Non, non...

Truc 6 : Cuisinez !

Préparez-vous à enfiler votre tablier et à faire chanter vos casseroles ! Regardez-vous ! Vous êtes là, tout mou comme une pâte à pizza pas levée... et si vous décidiez de vous mettre aux fourneaux ?

Ah, mes amis, avant de lever vos boucliers et d'en appeler à votre droit à la fainéantise, n'oubliez pas la sagesse de notre chère Sophia Loren quand il s'agit de cuisine et de bonheur ! Cette icône italienne nous rappelle que « le principal ingrédient pour une bonne cuisine familiale est l'amour ; l'amour envers ceux pour qui vous cuisinez ». C'est comme si Sophia nous disait que la cuisine, c'est pas seulement une question de recettes, c'est une véritable déclaration d'amour ! Imaginez un peu : vous êtes là, en train de préparer un plat pour vos proches, et chaque coup de cuillère en bois est comme un petit câlin que vous leur envoyez. Et vous pouvez même être votre propre proche, celui, celle pour qui vous préparez un peu d'amour en sauce.

Alors, la prochaine fois que vous serez aux fourneaux, rappelez-vous les mots de Sophia. Mettez-y tout votre cœur, tout votre amour, et qui sait, peut-être que votre sauce bolognaise aura un petit goût de *dolce vita* !

Mamouz Kitchen, vous connaissez ? Non ? Eh bien vous devriez ! Je maîtrise les petits plats comme personne (maintenant que Maïté est partie faire des papillotes au paradis, je peux me la péter). Du gâteau à la châtaigne à la spanakopita en passant par le couscous au poisson et le pot-au-feu, je suis capable de vous proposer un véritable tour du monde gustatif. Je suis sûre que vous aussi, vous avez déjà visité quelques pays de votre kitchen intérieure. Sortez les fouets, les moulins à poivre et les tabliers, et explorez votre carte des possibles !

La motivation, l'énergie vous manquent encore un peu pour vous lancer ? J'ai un argument pour vous ! Sachez que selon une étude publiée dans la revue *Frontiers in Psychology*, cuisiner serait un véritable remède pour notre santé mentale. Une étude de l'université Edith Cowan a même montré que les personnes qui cuisinent se sentent mieux physiquement et moralement. C'est comme si chaque coup de fouet chassait un petit nuage de stress !

Allez, je vous mijote cinq bonnes raisons de vous mettre aux fourneaux.

— Ça booste la confiance en soi : réussir un plat, c'est comme gagner une médaille olympique de la cuisine !

On a charbonné dur et à la fin, on se sent fier du travail accompli. (*Nota bene* pour les apprentis cuisiniers pas sûrs-sûrs de leurs skills : « réussir un plat », niveau 1, ça peut être juste préparer quelque chose de comestible – sans mettre le feu à la cuisine !).

— Ça réduit le stress : pétrir une pâte, c'est comme faire un massage à votre cerveau. Vous êtes à la fois concentré et rêveur, c'est un moment tout doux rien que pour vous !

— Ça stimule la créativité : inventer une recette, essayer de nouveaux ingrédients (se planter), changer un assaisonnement, tester un mode de cuisson... Votre cuisine peut être un immense terrain de jeux qui n'appartient qu'à vous. Osez l'explorer !

— Ça améliore la santé mentale : les effets positifs durent jusqu'à six mois après l'expérience culinaire. Plus long qu'une cure de vitamines !

— Ça crée du lien : allez tout le monde, à table ! Vous verrez le regard de vos proches pétiller de gourmandise (c'est prêêêt, vous venez mangez ?) et de reconnaissance, vous aurez le sentiment du devoir accompli (youhou, on maaaaange) et peut-être même que si vous avez mis assez d'amour dans vos casseroles, on vous dira que c'est excellent (À TAAAAAAABLE BORDEL !). Vive les grandes tablées !

Alors, mes petits chefs en herbe, n'attendez plus ! Sortez vos casseroles, vos épices, et lancez-vous dans l'aventure culinaire. Qui sait, peut-être que vous deviendrez le prochain Top Chef de votre quartier !

**J'ai lu un article qui relatait
les dangers du tabac, de l'alcool,
de la bonne bouffe et du sexe.
J'ai pris une décision.
J'arrête de lire !!!**

– 3 –

Flouez votre cerveau

Il semble qu'il existe dans le cerveau une zone tout à fait spécifique qu'on pourrait appeler la mémoire poétique et qui enregistre ce qui nous a charmés, ce qui nous a émus, ce qui donne à notre vie sa beauté.

Milan Kundera

Truc 7 : Ayez confiance en vos méninges

Le saviez-vous ? Votre cerveau est un peu naïf. Il ne fait pas la différence entre un sourire forcé et un vrai. Autrement dit, faites semblant d'être heureux, il finira par y croire. Vous pouvez donc rigoler à gorge déployée aux blagues lourdes de tonton Michel, les bénéfices seront les mêmes que si vous vous marrez pour de vrai. Vous déclenchez les mêmes hormones du bonheur. Les apports journaliers recommandés par les scientifiques sont de 15 minutes de rire par jour. Apport pour 100 grammes de blague de cul de tonton : 1,3 minute (88 % AJR).

Préparez-vous donc à faire pétiller vos neurones comme jamais ! Chaque jour, je me régale à lire le compte Instagram de @oscarbruel.off, ce jeune neuroscientifique qui donne des conseils pour entraîner son cerveau à aller mieux de façon joyeuse et professionnelle. Il dévoile ses meilleurs secrets pour transformer son cerveau en véritable machine à bonheur. Alors on enfile son plus beau jogging cérébral et c'est parti !

Flouez votre cerveau, donc. Mais attention, pas question de le noyer dans un brouillard de pensées négatives ! Non, non, non ! Il s'agit plutôt de lui offrir un petit smoothie neuronal de positivité.

Mon cerveau est comme un navigateur internet :
— 17 pages ouvertes ;
— dont 9 qui répondent pas ;
— des centaines de pop-up.
Et bordel, d'où sort cette putain de musique ?

Pourquoi Oscar a-t-il choisi ce sujet ? Figurez-vous que ce petit malin a compris que notre cerveau est comme un smartphone : avec les bonnes applications, il peut faire des merveilles ! « Notre but est d'améliorer les performances sportives à travers les neurosciences », nous explique-t-il. Mais pas que ! Oscar veut nous aider à libérer notre « plein potentiel ». Autrement dit, il veut faire de nous des super-héros du quotidien.

Il insiste aussi sur l'importance des pauses cérébrales en nous recommandant de mettre notre cerveau en mode avion de temps en temps. Ça lui permet de se recharger et d'être plus performant. Alors n'hésitez pas à faire des mini-siestes ou à méditer. Votre cerveau vous dira merci !

— Cerveau, tu sais si on a fermé la porte ce matin ?
— Aucune idée. Par contre je me souviens de la pub Ricoré de 1986 si ça t'intéresse.

Encore deux idées bonus d'Oscar :

— vous voulez ralentir Alzheimer ? Adoptez un animal de compagnie ! C'est comme avoir un coach personnel pour votre cerveau. Parler à votre toutou ou à votre minou stimule constamment votre langage. Et qui sait, peut-être qu'un jour il vous répondra (bon, là, il faudra peut-être consulter !) ;

— bonne nouvelle enfin pour les gourmands : notre cerveau adore le bon gras ! C'est comme un lubrifiant pour vos neurones. Alors dégainez les avocats, les noix et le saumon. Votre cerveau va se régaler !

Allez, on s'y met ?

Truc 8 : Forcez-vous à sourire !

Puisque notre imbécile de cerveau ne fait pas la différence entre les sourires polis à tonton et les grands fous rires avec vos amis, je vous suggère de prendre quelques minutes, chaque matin des fêtes de Noël, pour vous offrir une petite session rigolade solo (si vous ne vivez pas seul, prévenez votre entourage quand même, vous ne voulez inquiéter personne). Au saut du lit, en vous brossant les dents ou sous la douche, écartez les lèvres, montrez les dents, plissez les yeux et lancez-vous ! Ha, ha, ha, hi ! Votre cerveau va commencer à produire sa fameuse DOSE (dopamine, ocytocine, sérotonine, endorphine) – une pure rave party hormonale dans votre salle de bains !

Et vous savez quoi ? Même si vous êtes plus dark que Batman un soir sans lune, que vous êtes fan de musique gothique, que Pierre Soulages est votre peintre préféré et que vous dormez avec *Le Dernier Jour d'un condamné* sous votre oreiller, si vous lui faites croire qu'il sourit, ça marche pareil ! Votre cerveau s'en fiche royalement (c'est un naïf, je vous dis).

Des scientifiques de l'université du Kansas ont même réalisé une expérience digne d'un film comique : ils ont fait regarder un film au cinéma à des spectateurs dont la moitié devaient tenir un stylo dans leur bouche, les forçant à sourire, tandis que l'autre moitié tenait le stylo bouche fermée. Devinez quoi ? Ce sont les « sourieurs forcés » qui ont préféré le film ! Que faire de cette info en or ? On agit, pardi ! On se met à sourire comme si notre vie en dépendait (et en quelque sorte, c'est le cas). Même si vous avez l'impression d'être habituellement aussi expressif qu'une porte de prison, forcez-vous à sourire. Votre cerveau va tomber dans le panneau et se mettre à produire du bonheur comme une usine de chocolat avant les fêtes !

Et pour ceux qui pensent être immunisés contre le rire, j'ai une solution miracle : le yoga du rire ! C'est comme un cours de fitness, mais spécial zygomatiques. Vous allez faire des exercices complètement débilos, augmenter votre rythme cardiaque et déclencher votre DOSE comme si vous aviez gagné au loto. Alors, mes amis, n'attendez plus ! Souriez à votre reflet dans le miroir, à votre chat, à votre plante verte. Riez devant une série nulle, éclatez bruyamment de rire devant vos collègues tentant une blague à la machine à café. Votre cerveau va se dire : « Waouh, quelle vie exaltante ! » et vous inonder de bonheur.

N'oubliez pas : un sourire par jour éloigne le médecin pour toujours !

Truc 9 : Allez voir des trucs drôles

C'est peut-être le tips le plus fastoche, le plus easy pizzy : regardez et n'allez voir que des trucs drôles ! Moi, j'évite tout ce qui est glauque (films tristes, journal télévisé, spectacle de fin d'année de ma petite-nièce...).

Et à Noël, quoi de plus fastoche que de squatter son canapé avec un bon plaid et un chocolat chaud ? (Oui je sais, c'est cliché, mais autorisé !) Faites-vous un programme ultra-positif pour voir la vie en rose, avec séries à gogo, comédies, stand-up… Ce n'est pas ça qui manque ! Fini les émissions de cold case ou de serial killers qui foutent le seum. Place aux comédies qu'on peut revoir mille fois, c'est bon comme un bonbon !

Connaissez-vous l'histoire de Norman Cousins ? Atteint de la spondylarthrite ankylosante, il a remarqué qu'à chaque fois qu'il regardait une comédie, ses symptômes s'apaisaient et qu'il se sentait mieux. Il en a fait un best-seller (on n'est pas obligé d'aller aussi loin, mais ça prouve bien que le rire peut être un vrai médicament).

Alors, pourquoi c'est si bon de rire ?

— Ça réduit le stress en diminuant les hormones comme le cortisol.
— Ça booste votre système immunitaire, un vaccin contre la morosité !
— Ça libère des endorphines, ces petites hormones du bonheur.
— Ça améliore votre humeur et peut même aider à combattre la dépression et l'anxiété.
— Ça vous aide à mieux faire face aux difficultés de la vie, comme si vous aviez un super-pouvoir contre les problèmes !

– 4 –

Ayez confiance dans la nature

Truc 10 : Prenez des bains d'arbres

Moi, les sapins, je les aime en forêt, dans leur état naturel ! Quand je suis à la veille d'un craquage nerveux hivernal, j'appelle mon ami Romain Bouillon qui est devenu spécialiste des forêts. Oui, oui, après une jolie carrière dans la RSE (responsabilité sociétale des entreprises), il a décidé de se reconvertir pour accompagner concrètement les citadins en mal de verdure – finalement, de la RSE en live ! Sa formule : trois heures de balades à découvrir les nuances de vert et le bonheur que ça procure.

Allez, je vous emmène faire un petit câlin avec la nature. Préparez-vous à une séance de tree hugging version Mamouz, c'est parti pour l'astuce 10 : les bains d'arbres !

Vous connaissez le shinrin-yoku ? Non, ce n'est pas le nom d'un nouveau sushi, c'est le terme japonais pour

« bain de forêt ». Et pour l'avoir testé, croyez-moi, c'est le spa le plus naturel et le moins cher du monde. Imaginez un peu : vous êtes là, au milieu des arbres, à respirer l'air pur. Vous fermez les yeux, vous écoutez le bruissement des feuilles… Au bout de trois heures, vous voilà plus zen qu'un moine bouddhiste en pleine lévitation.

Mais le clou du spectacle, c'est le câlin aux arbres. Oui, oui, vous avez bien lu. On choisit son arbre préféré (perso, j'ai un faible pour les chênes, ils ont un petit côté « M. Muscles de la forêt », ça me va bien), et on lui fait un gros câlin. C'est comme embrasser votre crush, mais en version écolo et (*a priori*) sans risque de se faire plaquer !

Et vous savez quoi ? Au Japon, ces bains de forêt sont tellement populaires qu'ils sont remboursés par l'Assurance maladie. « Docteur, j'ai mal à la tête. – Pas de problème, je vous prescris trois câlins d'arbres par semaine. » C'est quand même plus sympa qu'une pilule, non ?

Sentir les effluves des pins, entendre des chants d'oiseaux, contempler les paysages, toucher le sol, prendre un arbre dans ses bras… Les scientifiques ont prouvé que ces bains de forêt font des merveilles : ça réduit le stress, ça booste le système immunitaire, ça améliore l'humeur. Je le vois comme si Mère Nature en personne nous faisait un gros câlin en retour ! Dans un entretien au *Monde*, la biologiste britannique Kathy Willis dresse un bilan des études s'intéressant aux bénéfices de notre immersion sensorielle dans des espaces naturels. D'abord sceptique, voire inquiète pour sa réputation de scientifique, la professeure à l'université d'Oxford a finalement été « frappée par l'accumulation de données en faveur d'un lien positif entre notre exposition à des espaces verts et notre santé ». Ces bienfaits sont visibles partout à travers le monde : « Plus on vit à proximité d'espaces verts, plus le risque de mortalité diminue – que ce soit en Amérique du Nord, en Océanie, en Chine ou en Europe. » Dès le milieu des années 2010, des villes pionnières comme Barcelone (Espagne) ou Utrecht (Pays-Bas) ont commencé à végétaliser une partie de leurs surfaces destinées aux véhicules motorisés, un mouvement que la pandémie de Covid-19 a amplifié.

Connaissez-vous la règle des 3, 30, 300 ? Ce sont des chercheurs de l'Institut pour la santé globale de Barcelone qui ont établi que, pour une santé mentale au top, nous avons besoin de :

— voir au moins 3 arbres depuis notre logement ;
— vivre dans un quartier comprenant environ 30 % d'espace arboré ;
— habiter à moins de 300 mètres d'un parc ou d'une forêt.

Désolée pour les plus urbains d'entre nous qui ne doivent pas cocher beaucoup de cases ! Mais si vous avez l'intention de déménager, vous savez maintenant ce qu'il vous reste à faire.

Alors, la prochaine fois que vous vous sentez stressé, au lieu de vous jeter sur un paquet de chips, allez faire un tour en forêt. Choisissez votre arbre, faites-lui un câlin et laissez la magie opérer. Qui sait, peut-être que vous finirez par parler couramment le chêne ou le bouleau ?

Allez, tous en chœur : « Arbres, je vous aime ! » Et si quelqu'un vous regarde bizarrement, dites-lui que c'est votre nouvelle thérapie – officiellement prescrite par le Dr Mamouz.

Truc 11 : Cultivez votre jardin !

On est d'accord : vous êtes tous écolos, là ? Prouvez-le à votre neveu qui se prend pour Hugo Clément ou Cyril Dion en achetant un sapin en pot à replanter juste après les fêtes.

Pour une variante, sachez que Noël, c'est aussi la période idéale pour planter les arbres fruitiers et que, en intérieur, les plantes aromatiques adorent l'hiver.

Soyons honnêtes, je n'ai absolument pas la main verte. Faire ami-ami avec des vers de terre, bêcher, toussa toussa... non merci, vraiment. En revanche, je ne sais pas pourquoi mais j'adore me balader dans les potagers. La permaculture m'intrigue et la vision de laitues alignées, de sublimes poiriers et de cucurbitacées me fascine. J'ai voulu comprendre pourquoi la formule de Voltaire, « il faut cultiver notre jardin », résonne chez tellement de gens... Il n'y a qu'à voir les queues sans fin devant Truffaut le week-end. Le jardinage est un euphorisant naturel, mais sans les effets secondaires et avec des légumes en prime !

Il permet de vivre en accord avec les saisons et de comprendre leur rythme.

La nature dope notre santé à tout âge. Dans les établissements pour personnes âgées, les jardins thérapeutiques fleurissent. Les espaces verts destinés à soulager l'anxiété des personnes vulnérables se développent dans les hôpitaux. Sous leurs frondaisons, auprès de leurs arbustes et de leurs parterres, les patients et leurs familles, mais aussi le personnel soignant, trouvent un lieu d'apaisement et de ressourcement. Sentir les fleurs, les contempler offre une connexion à la nature, en sécurité. Petit bonus pour travailler la mémoire des personnes âgées : leur apprendre et les aider à se souvenir du nom des fleurs.

Je vais tenter de semer quelques petites graines pour vous convaincre de vous y mettre sans plus tarder.

— C'est un booster de santé : le jardinage fait travailler tous vos muscles, renforce vos os et vous fait prendre un bain de vitamine D.
— Ça réduit le stress : bêcher, planter, arroser… Ces gestes répétitifs ont un effet apaisant sur le cerveau. C'est comme de la méditation, mais avec des carottes au bout des doigts !
— Ça booste votre humeur : la terre contient une bactérie, *Mycobacterium vaccae*, qui agit comme un calmant naturel. C'est Mère Nature qui vous prend dans ses bras et vous berce chaque fois que vous jardinez !

— Ça améliore votre alimentation : quoi de mieux que de manger ses propres légumes bios ? C'est bon pour la santé – et pour l'*ego* !

— Ça crée du lien social : le jardinage peut devenir une activité familiale ou communautaire. C'est l'occasion de partager, d'échanger, de découvrir de nouvelles manières d'être en relation.

Alors, comment s'y mettre quand on est débutant ? C'est parti pour les conseils de Mamouz Garden !

— Commencez petit : un carré de 4 mètres sur 3 suffit pour débuter. Pas besoin de viser le jardin de Versailles !

— Choisissez le bon emplacement : près de la maison, ensoleillé, avec un accès facile à l'eau.

— Équipez-vous : quelques outils de base suffisent pour commencer. Privilégier la pelle au râteau, un sécateur et, bien sûr, un arrosoir. Inutile de dévaliser le rayon jardinage !

— Commencez avec des plantes faciles : tomates cerises, salades, radis… Des légumes qui poussent presque tout seuls – mais vous pourrez quand même vous raconter que c'est grâce à vous !

— Faites un plan : cela vous aidera à visualiser votre futur jardin d'Éden.

Une dernière chose : ne vous découragez pas : parfois ça pousse, parfois ça fane, mais l'important, c'est de continuer à planter !

Alors on enfile ses gants, on prend sa bêche et on va cultiver son bonheur ? Après tout, comme dirait ma mère (qui, *elle*, a la main verte) : « La vie est comme un jardin, on récolte ce qu'on sème ! »

Truc 12 : Apithérapiez-vous !

Non, non, ce n'est pas une faute d'orthographe, et ce n'est pas non plus la *happy* thérapie (même si ça sonne tout aussi joyeux). C'est la *bee*-thérapie, autrement dit, se soigner par le bourdonnement des abeilles. Fou, non ? Ah, mes amis, préparez-vous à zonzonner de bonheur.

J'ai testé cette technique au château du Launay, en Bretagne, près de Lorient. Un vrai havre de paix et un rebooster sans égal ! Imaginez-vous, un instant, assis au milieu d'une prairie, à l'intérieur d'un grand fût de chêne, les yeux fermés. Devant une petite boîte remplie d'abeilles tout à leur boulot d'abeilles. Elles sont libres d'aller et venir comme bon leur semble. Sans danger pour vous ni pour elles. Et vous, assis sur votre petit banc cosy, vous n'avez plus qu'à écouter ce doux bzzz bzzz et le laisser résonner en vous.

À vos marques, prêts, bourdonnez !

Pourquoi ça marche ? Eh bien, ce n'est pas qu'une question de vibes hippies ! Le bourdonnement des abeilles, avec sa fréquence d'environ 250 Hz, a des effets apaisants sur notre système nerveux. Ces vibrations sonores, régulières et profondes, agissent un peu comme un massage acoustique pour votre esprit. Une sorte de cure zen sonore made in nature.

Mais ce n'est pas tout : écouter les sons naturels – et particulièrement celui des abeilles – favorise une connexion directe avec la nature. Et cette connexion, mes amis, c'est un remède antistress qui ne coûte pas un rond. Vous êtes là, en pleine conscience, ancré dans l'instant présent, bercé par la mélodie des butineuses. Avouez que c'est quand même plus sympa qu'une appli de bruit blanc !

Les praticiens de l'apithérapie sonore (oui, c'est un vrai truc !) vantent même les bienfaits de ces vibrations pour équilibrer l'énergie corporelle, apaiser les tensions musculaires et améliorer la concentration. Et, si cela peut sembler perché, sachez que de nombreuses études confirment que ce type de sons naturels réduit le rythme cardiaque et calme l'esprit.

Alors, comment s'y mettre sans risquer une piqûre ? Facile ! Pas besoin de courir en pleine campagne ou de coller votre oreille à une ruche (surtout si vous êtes allergique, restons raisonnables !). Il existe des enregistrements immersifs de bourdonnements, parfaits pour accompagner vos séances de méditation ou simplement pour détendre vos neurones après une journée chargée.

Et si l'expérience vous tente, allez encore plus loin en prenant soin des abeilles. Lorsque vous adoptez une ruche ou plantez des fleurs mellifères dans votre jardin, vous participez à la sauvegarde de ces pollinisatrices indispensables. Tout en profitant d'un abonnement nature illimité à leur musique.

Vive les abeilles ! L'odeur de la ruche est comme un parfum de bien-être naturel. Et je ne vous parle même pas de tous les autres trésors que nous offrent nos amies bourdonnantes… (Allez, si, je vous en parle !)

— Le miel : un antibactérien naturel et un délice pour nos papilles.
— La gelée royale : le secret de beauté de Cléopâtre, rien que ça !
— La propolis : l'antibiotique naturel des abeilles, parfait pour booster notre système immunitaire.
— La cire, idéale pour hydrater et protéger notre peau.
— Le pollen, une vraie bombe de nutriments pour nous donner un coup de boost – je m'y suis mise cette année, avec des résultats prometteurs : énergie constante ! Une sorte de vitamine C en intraveineuse.

Et vous savez quoi ? Certains apiculteurs proposent même d'inspirer et d'expirer l'air de la ruche.

L'apithérapie, c'est vraiment la médecine douce par excellence. Alors, êtes-vous prêts à vous laisser emporter par le bourdonnement bienfaisant des abeilles ?

Truc 13 : Chatouillez vos narines

Une des choses les plus étonnantes que j'aie apprises : on peut se soigner par les odeurs… ça s'appelle l'olfactothérapie !

Vous connaissez tous Marcel Proust et sa madeleine adorée ? Eh bien moi, c'est pareil avec la fleur d'oranger. Et vous, quelle est votre odeur fétiche ? Le café du matin ? Peut-être celle des cookies de votre enfance ? Ou le parfum de votre premier amour ? Une odeur peut vous transporter instantanément dans un souvenir heureux. C'est comme si vous aviez un téléporteur émotionnel dans votre nez !

L'olfactothérapie est une thérapie psychocorporelle énergétique brève reposant sur les odeurs et sur leur pouvoir sur notre inconscient. Elle utilise l'odorat, un sens en lien direct avec l'inconscient et la mémoire, et les molécules aromatiques de certaines huiles essentielles pour faire remonter à la surface des émotions responsables de blocages ou de mal-être, et ainsi retrouver une sensation d'apaisement au quotidien.

L'olfactothérapie, ce n'est pas simplement renifler des trucs qui sentent bon, c'est une véritable thérapie psycho-énergétique qui utilise les odeurs pour jongler avec nos émotions.

Je vous explique pourquoi l'olfactothérapie est le nouveau super-pouvoir à la mode.

— Elle a un lien direct avec votre cerveau émotionnel : les odeurs, c'est comme un ascenseur express vers votre système limbique, le quartier général de vos émotions et de vos souvenirs.
— Elle peut débloquer des émotions coincées : c'est un peu le plombier de votre âme, ça vous débouche les tuyaux émotionnels !

— Elle est rapide et efficace : une petite sniffette d'huile essentielle, et hop, vous voilà en train de surfer sur vos émotions.
— Elle marche pour plein de trucs : stress, anxiété, déprime, phobies… C'est le couteau suisse de votre bien-être mental !

Pour preuve de l'importance de ce sens, on sait que les 5 % de la population qui ont une anosmie (perte de l'odorat) sont fortement handicapés. Ces personnes sont plus couramment victimes d'anxiété et de dépression.

Alors, sortez vos flacons d'huiles essentielles et partez à l'aventure olfactive ! Qui sait, peut-être que vous découvrirez que l'odeur de la lavande vous transforme en super-héros zen, ou que l'eucalyptus vous donne envie de conquérir le monde !

– 5 –

Riez en stéréo

Truc 14 : Vibrez en musique

S'il y a bien une période où la musique est à l'honneur, c'est clairement Noël ! Je vous propose de mettre tout de suite de côté les Mariah Carey et les *Last Christmas*, les Sinatra et les *Let it Snow* – ah là là, Noël semble inspirer les musiciens, pour notre plus grand (dé)plaisir !

Comme le disait si bien Nietzsche, « sans la musique, la vie serait une erreur ». Et croyez-moi, ce bon vieux Friedrich ne se trompait pas ! On a tous ce petit truc en nous qui nous pousse à remuer notre body dès qu'un bon rythme commence à faire crépiter les enceintes. C'est comme si notre corps avait sa propre télécommande et que la musique appuyait sur le bouton « Danse » !

Vous avez déjà vu un bébé entendre de la musique ? C'est plus fort que lui, il se met à gigoter et à applaudir comme s'il était au concert de l'année ! C'est notre façon instinctive de dire : « Hé, j'aime ça ! » sans même ouvrir la bouche. La musique est un langage universel

– sauf pour les pauvres gens qui souffrent d'amusie, l'incapacité à apprécier la musique (imaginez ne pas pouvoir écouter *Gimme ! Gimme ! Gimme !* d'ABBA, quelle tristesse !).

Et vous savez quoi ? Des scientifiques ont prouvé que peu importe d'où on vient, on réagit tous pareil à la musique. Des études ont montré que des personnes de cultures différentes répondent émotionnellement de la même manière face à la musique, quel que soit le genre écouté. Plus surprenant encore, des études anthropologiques ont prouvé que les groupes présentant les meilleures chances de survie étaient ceux qui avaient développé leurs propres danses et étaient capables de partager leurs sentiments à travers elles. La musique et la danse ne font pas seulement office de « colle sociale », elles sont aussi très bonnes pour notre santé physique et mentale.

La musique est le meilleur ami du cerveau. Elle stimule la créativité, améliore l'humeur et booste la mémoire. Alors mettez le volume à fond et chantez à tue-tête (même si vous chantez comme une casserole).

Mais attendez, ça devient encore plus fou ! Un certain Jacob Jolij, un neuroscientifique qui a dû passer beaucoup trop de temps à écouter de la musique (quel boulot difficile, n'est-ce pas ?), a créé une véritable équation du bonheur musical. Je vous épargne les calculs, c'est hyper-compliqué, mais, grosso merdo, le secret, c'est un tempo d'au moins 150 battements par minute, des notes en mode majeur et des paroles positives.

Il a même fait un classement des chansons les plus efficaces sur notre santé mentale. Allez-y, devinez ! Réponse dans 3, 2, 1… Eh oui, le champion toutes catégories, c'est *Don't Stop Me Now* de Queen, suivi de près par *Dancing Queen* d'ABBA (décidément !) et *Good Vibrations* des Beach Boys. Après les années 2000, c'est *Happy*, de Pharrell Williams, qui remporte la palme.

Et puis il y a Bob Marley, le messie du reggae.

Pour mon mémoire d'histoire à la Sorbonne, j'ai travaillé sur le message rastafarien, sous la vigilance de Mme Hadas Lebel. Le reggae m'a toujours fait du bien instinctivement. Cette musique unique en trois temps adoucit mes angoisses, mes peines, et me calme. Son côté authentique, gospel, africain, syncrétique me bouleverse et me répare. Au départ, j'ai proposé ce sujet avec légèreté, puis j'ai compris l'importance de cette religion, et quand je parlais de mes avancées à des personnes de tous âges, je voyais dans leurs yeux que je redonnais leurs lettres de noblesse à ces rastas.

En réécoutant les chansons de Bob Marley, j'ai pris conscience du point auquel le reggae est thérapeutique. Au-delà des vibrations et du rythme, il suffit d'écouter ses textes attentivement pour découvrir leur sens profond. Tous développent une vision et prônent un message.

De prime abord, on a cru qu'il devait son succès à ses rythmes doux, à sa façon de danser, à ses dreadlocks, à sa sexytude… Mais ce n'est pas pour ça qu'il est le premier chanteur du tiers-monde à avoir été connu et reconnu en Occident. Pourquoi ne pas chercher plutôt du côté de ses paroles, fortes et puissantes, qui ont touché au cœur des millions de personnes ?

Ce gars-là n'était pas seulement un chanteur cool avec des dreads. Non, c'était un véritable philosophe, et ses paroles sont de véritables mantras de vie. « *Don't worry about a thing, 'cause every little thing gonna be alright* »… Belle philosophie de vie, n'est-ce pas ?

Alors, on se lance ! On crée sa playlist du bonheur, on chante sous la douche, on écoute ses chansons préférées avec les paroles sous les yeux… La vie est musique, à vous d'en choisir la mélodie !

Comme dirait Bob Marley : « *One good thing about music, when it hits you, you feel no pain.* » (Et alors les amis, on n'a pas bossé ses cours d'anglais ? Allez, je vous la fais courte : « Ce qui est bien avec la musique, c'est que quand elle vous frappe, ça ne fait pas mal. ») Alors on met le volume à fond et on se laisse emporter par les good vibrations.

Truc 15 : Jouissez des oreilles !

L'année dernière, des producteurs célèbres m'ont proposé de faire un spectacle autour du rire et de ses bienfaits – mon Mamouz Show – et j'ai accepté sans hésiter. Pour monter sur scène, il m'a fallu une détermination sans faille ! Je suis tellement traqueuse que j'ai tout mis de mon côté pour sortir l'angoisse de mon corps et me lancer ! Et vu qu'on est presque à la moitié de ce livre, vous commencez à connaître mon besoin de tester des méthodes plus ou moins farfelues. J'ai nommé : le sound bath sur l'eau ! Kezako ?

Ce n'est pas un simple truc pour les hippies en quête de zénitude. Non, c'est une véritable thérapie sonore qui existe depuis des milliers d'années dans de nombreuses cultures. C'est comme si vos ancêtres vous chuchotaient à l'oreille : « Relax, max ! »

Je lève tout de suite le malentendu : il n'est pas question de bain moussant à la Julia Roberts dans *Pretty Woman* (même si ça fait toujours du bien) ; non, ici, c'est votre corps qui baigne dans les vibrations sonores. Comme si vous vous transformiez en instrument de musique géant !

La Rolls-Royce du lâcher-prise. Allongé sur un matelas tandis qu'un praticien fait chanter des bols et gongs tibétains. Pendant cette expérience, on se fait masser… par des ondes sonores, une sorte de spa pour les tympans. Oui, on flotte, on vibre, on décroche. Non, ce n'est pas sectaire. Oui, même Jean-Michel (celui qui râle dès qu'on dit « énergie ») a le droit de venir.

À quoi ça sert ?

— À arrêter de réfléchir (aux ex, aux cadeaux, au menu du soir, aux chaussettes…).
— À nettoyer le bruit intérieur.
— À se reconnecter à son souffle et, parfois, à quelque chose de plus grand que soi (appelons-le comme on veut : l'Univers, l'Âme, le Calme, Jean-Pierre…).

Effets secondaires fréquents :
— émerveillement ;
— larmes inattendues ;
— frissons de paix ;
— rires intérieurs ;
— envie de faire des câlins à un sapin (ou à soi-même).

À éviter si :
✗ vous êtes allergique à la détente ;
✗ vous ne supportez pas l'eau tiède ;
✗ vous tenez absolument à garder votre stress intact pour Noël.

La guérison par le son est un vrai remède, souvent complété d'exercices de yoga ou de méditation guidés. Il existe de nombreuses vidéos et des livres pour vous apprendre à vous en servir si vous souhaitez tester l'expérience à domicile.

Un bain sonore est un excellent moyen de diminuer l'anxiété, d'apaiser le système nerveux et de bloquer toutes les idées et pensées qui vous empêchent de vous concentrer quand vous voulez vous reconnecter à votre corps. C'est une pratique méditative que tout le monde peut essayer, en toute sécurité. Elle ne nécessite aucune précaution ni pratique préliminaire, il faut simplement prendre le temps d'écouter.

Et si vous voulez mon avis, rien ne vaut le son des cloches d'église ou le pouet-pouet du ferry grec arrivant au port. C'est comme une promesse de bonheur à venir, directement dans vos oreilles !

Alors mes amis, prêts à plonger dans le grand bain sonore ? Je vous assure que si vous vous y prenez bien, vous pouvez en ressortir plus zen qu'un moine bouddhiste un dimanche matin !

Truc 16 : Chantez ou jouez d'un instrument (même mal)

Chanter, ce n'est pas juste bon pour impressionner vos voisins lorsque vous vous en donnez à cœur joie sous la douche. C'est une véritable mine d'or pour votre tête et votre esprit ! Et pas besoin d'être le prochain Pavarotti ou Lady Gaga pour en profiter !

Rejoignez une chorale ou un groupe de gospel et vous verrez que l'arrivée de Noël aura une tout autre saveur ! Oui, c'est un nouveau phénomène, ces bandes qui chantent dans la rue au mois de décembre. Anti-dépression assurée !

Mais attendez, on n'a pas fini ! Si vous voulez vraiment vous éclater, il y a le karaoké-thérapie. Vous avez bien entendu ! Imaginez un peu : vous êtes là, micro en main, à massacrer *I Will Survive* d'un air pénétré et, en même temps, vous boostez votre humeur et réduisez votre stress. C'est magique, non ?

Allez, je vous le fais en cinq raisons de se mettre à chanter ou à jouer d'un instrument.

— Ça booste vos facultés cognitives : c'est comme faire de la gym pour votre cerveau !

— Ça stimule votre mémoire, et même pour les personnes atteintes de la maladie d'Alzheimer ! Je cite le CNRS : « Les travaux ont en effet montré que des patients (cas modérés et sévères de la maladie) *a priori* incapables de mémoriser une nouvelle information réussissent à apprendre des chansons nouvelles en moins de huit semaines. » Ils ajoutent un fait encore plus étonnant : « Certains d'entre eux s'en souvenaient et pouvaient entonner les mélodies quatre mois après l'arrêt de l'atelier. » C'est pas beau, les pouvoirs de la musique ?

— Ça vous rend heureux : chanter libère de l'endorphine, la fameuse hormone du bonheur. Un shot de bonne humeur à chaque note !

— Ça réduit le stress : moins de cortisol, plus de dopamine et de sérotonine. Le cocktail de zénitude parfait pour votre système nerveux.

— Ça booste votre confiance : exprimer vos émotions en chanson, c'est comme devenir le héros de votre propre comédie musicale !

Alors, mes petits rossignols en herbe, que vous chantiez faux comme une casserole ou que vous ayez une voix d'or, l'important, c'est de chanter ! Et si la chanson vous fait peur, attrapez un instrument. Qui sait, vous êtes peut-être le prochain Mozart de l'ukulélé !

– 6 –

Voyez la vie en rose

Apprenez à penser en couleurs
et vous verrez le monde autrement.

Michel Pastoureau

Truc 17 : Colorez votre vie !

Préparez-vous à mettre des paillettes dans votre vie avec l'astuce 17, qui est loin d'être absurde en cette période festive.

Vous connaissez l'histoire de Monet et de son pote Clemenceau ? Lors des funérailles de notre cher Claude, Clemenceau aurait arraché le drap noir qui couvrait le cercueil. Pourquoi ? Parce que pour Monet, le noir n'était pas une couleur, mes amis ! C'est comme mettre du ketchup sur des sushis, ça ne se fait pas !

Et saviez-vous que le frère de Monet était « coloriste » ? Ces deux-là étaient tellement passionnés par les couleurs qu'on leur a même consacré une expo au musée du Luxembourg. C'est pas beau, la famille ?

Moi, je suis team rose à fond, comme Audrey Hepburn, qui disait : « Je crois en la couleur rose. » (Toujours à me copier, celle-là...)

**Je crois en la couleur rose.
Je crois que rire est la meilleure
façon de brûler des calories.
Je crois aux baisers,
beaucoup de baisers.
Je crois qu'il faut être forte
quand tout semble aller mal.
Je crois que les filles joyeuses
sont les plus jolies.
Je crois que demain
est un autre jour
et je crois aux miracles.**

Mon placard, c'est Barbie qui l'a décoré. Le noir ? Connais pas. (Bon, j'avoue, j'ai un caleçon de sport noir que je ne porte jamais et un pull pour les jours où je me sens comme un gros nuage d'orage. Mais c'est tout, promis juré, je suis une vraie !)

Maintenant, parlons sérieusement (enfin, pas trop trop, quand même). Je vous présente, tatadadam, la chromothérapie, qui n'est pas juste là pour faire joli ! C'est une vraie thérapie inventée par Jean-Michel Weiss. L'idée, c'est d'harmoniser le corps et l'esprit avec huit couleurs. C'est comme faire un câlin avec un arc-en-ciel !

Chaque couleur a son petit truc.

— Le rouge, c'est pour les jours où vous vous sentez aussi énergique qu'une limace. Ça vous booste !
— Le jaune est comme un petit soleil dans votre tête. Parfait pour les jours de pluie mentale.
— L'orange est le mélange parfait entre l'énergie du rouge et la joie du jaune. Attention quand même, en excès, il peut vous rendre aussi agité qu'un écureuil sous caféine.
— Le bleu, c'est pour quand vous vous sentez plus stressé qu'un hamster dans sa roue. Ça vous calme direct !
— Le vert incarne la zen attitude. Détente assurée aux couleurs des feuillages des arbres et de l'herbe grasse !
— Le violet boostera votre côté spirituel. Parfait pour les jours où vous vous sentez aussi profond qu'une flaque d'eau.

Et si vous vous sentez d'humeur coquine, sachez qu'avoir du mauve dans sa chambre fait des miracles ! C'est Amandine Peillon qui le dit, alors on ne discute pas !

Moi, ce que je préfère, c'est la colorthérapie, avec les cahiers de coloriage. C'est comme méditer avec des feutres. En plus, ça vous donne une excuse pour acheter des crayons de couleur et dévaliser la papeterie !

Alors n'attendez plus, mettez de la couleur dans votre vie, dans vos fringues, dans votre déco ! Faites jaillir l'arc-en-ciel qui est en vous ! Et rappelez-vous, comme dirait ma grand-mère (si elle était peintre) : « La vie, c'est comme une palette de couleurs. À vous de créer votre chef-d'œuvre ! »

Dans un autre registre, on peut aussi écouter Picasso : « Efface le gris de ta vie et allume les couleurs que tu possèdes à l'intérieur. » Croyez-moi, on a tous une fête holi qui sommeille en nous, prête à exploser !

– 7 –

Donner, c'est recevoir

Truc 18 : Engagez-vous

On n'a pas encore évoqué la culpabilité de ces fêtes de fin d'année… Être au chaud chez soi, avec le frigidaire plein ; être gâté alors que d'autres n'ont rien. Depuis toujours, j'ai une botte secrète pour être heureuse malgré ces pensées : l'engagement.

L'hiver dernier, je suis allée à la rencontre de Julien Meimon et de son association Linkee, qui vient en aide aux jeunes qui ne mangent pas à leur faim. C'est une organisation très efficace qui distribue des denrées invendues dans un lieu joyeux et tâche de rendre festifs ces moments. Engagement ne rime pas avec misérabilisme, loin de là !

Depuis que je suis ado, je suis de toutes les causes : riz pour la Somalie ! Cookies pour Vaison-la-Romaine ! Construction d'une école au Burkina Faso ! Hôtesse pour la soirée du 22 avril, Jour de la Terre ! Rédactrice en chef d'un magazine écolo !

Bref, je n'ai jamais décroché – bien au contraire, ça s'accélère. Aujourd'hui, je suis ambassadrice pour la Maison des femmes et pour l'association 125, une ONG pour les droits des femmes, et, sur mon compte Instagram aussi bien qu'à travers mes podcasts, je passe beaucoup de temps à parler des manières de lutter contre les violences faites aux femmes et aux enfants. J'ai même une chronique tous les samedis soir sur RMC Story, dans laquelle je relaie les initiatives citoyennes et positives. Et plus ça va, plus je suis bouleversée par ces gens qui donnent leur vie pour les autres. Le psychiatre Christophe André répète inlassablement qu'aider les autres améliore notre bien-être, c'est prouvé par l'Académie – et validé par Dr Mamouz !

Diderot déjà l'affirmait : « L'homme le plus heureux est celui qui fait le bonheur d'un plus grand nombre d'autres. » Et croyez-moi, ce bon vieux Denis n'était pas du genre à se planter.

Plus contemporain, Jacques Malet, président de l'institut Recherches et Solidarités et auteur de l'enquête *La France bénévole*, nous dit clairement que plusieurs travaux ont récemment montré que le fait d'être bénévole a des effets positifs sur le bien-être.

Olivier Goy, atteint de la maladie de Charcot, milite en faveur de la recherche sur le cerveau et il explique combien ça le maintient en vie. Lui opte pour l'humour comme arme.

Résultat : toutes ces personnes engagées présentent effectivement un surcroît d'enthousiasme, de confiance et d'optimisme par rapport au reste de la population.

Et vous savez quoi ? On n'est pas une bande de grincheux repliés sur nous-mêmes, contrairement à ce que certains voudraient nous faire croire. Non, non, non, les deux tiers des Français sont des citoyens impliqués. Nous sommes une vraie armée du bonheur !

Si les bénévoles sont plus heureux que Balthazar Picsou nageant dans son or, c'est pour plusieurs raisons :

— ça donne un sens à leur vie (fini, les crises existentielles du dimanche soir !) ;
— ils sont connectés à un groupe (adieu, la solitude du binge watching Netflix !) ;
— ils se sentent compétents et autonomes (bye bye, le syndrome de l'imposteur !).

Et le meilleur dans tout ça ? Ça plus d'impact sur le bonheur que l'argent ! C'est comme gagner au loto, version feel-good (même si on ne dirait pas non à un petit combo des deux, juste pour être sûr...) !

Mais ce n'est pas tout ! Mes amis, le bénévolat, c'est le secret de la fontaine de jouvence : il paraît que ça augmente l'espérance de vie ! Un peu comme si chaque heure de bénévolat vous offrait un petit temps bonus sur Terre.

Qui a besoin de crèmes anti-âge quand on a le bénévolat ?

Alors, qu'est-ce que vous attendez ? Envoyez valdinguer ce livre, levez-vous et partez trouver l'association qui vous correspond, c'est l'heure de se lancer ! Que ce soit pour câliner des chatons dans un refuge, apprendre à lire à des enfants, nettoyer les plages ou même simplement proposer de l'aide à vos voisins... il y a forcément quelque part une mission qui vous attend. (Bon et puis allez ramasser ce livre, c'était une façon de parler ! J'ai pas envie de finir mes jours à faire ami-ami avec la poussière sous votre lit, moi...)

N'oubliez pas : en faisant du bien aux autres, vous vous faites du bien à vous-même. C'est le cercle vertueux de l'entre-aide ! Alors, on enfile sa cape de super-héros du bonheur et on part sauver son prochain !

– 8 –

Dorlotez votre team anti-blues

Truc 19 : Chouchoutez vos proches

Vous êtes prêts à découvrir le secret suprême du bonheur ? Et croyez-moi, ce n'est pas une simple astuce, c'est LA recette gagnante ! Comme le dit si bien ce proverbe touareg : « Le voyage, c'est aller de soi à soi en passant par les autres. » Et vous savez quoi ? Les chercheurs de Harvard sont d'accord – eh oui, même les intellos s'intéressent au bonheur ! Ces savants fous ont mené la plus longue étude jamais réalisée sur le sujet. Ils ont interrogé des milliers de personnes pendant soixante-quinze ans. C'est plus long que la durée de vie moyenne d'un hamster, vous vous rendez compte ?

Et devinez quoi : le résultat est tellement simple que ça en devient presque ridicule. Le secret du bonheur, c'est : avoir de bonnes relations avec sa famille et ses amis. Voilà, c'est tout, emballé c'est pesé ! C'est comme si on vous disait que le secret pour être mouillé, c'est de se mettre sous l'eau !

Robert Waldinger, le grand manitou de cette étude, l'a dit lors d'une conférence TED en 2015 : « Les leçons du bonheur ne portent pas sur la richesse, ou sur la célébrité, ou sur le travail. Le message le plus évident que nous avons ressorti de cette étude de soixante-quinze ans est celui-ci : les bonnes relations nous rendent plus heureux et en meilleure santé. C'est tout. »

Qu'est-ce que ça veut dire concrètement ?

— Cultivez vos amitiés en tant que jardinier passionné. Arrosez-les régulièrement avec des appels, des messages, des sorties.
— Chouchoutez votre famille. Même si tonton Marcel vous tape sur les nerfs, essayez de trouver un terrain d'entente. Qui sait, peut-être qu'il cache un cœur en or sous ses blagues ringardes ?
— Investissez dans votre communauté. Rejoignez un club, faites du bénévolat, participez à la vie de quartier. C'est comme avoir une deuxième famille, mais sans les disputes pour l'héritage !
— Prenez soin de votre moitié – si vous êtes en couple. Un couple, c'est comme une plante délicate : ça besoin d'attention, d'eau (et parfois de chocolat) pour s'épanouir.
— N'oubliez pas vos collègues. On passe tellement de temps au travail : autant essayer de créer des liens positifs, non ?

Maintenant que vous connaissez la recette, ceci est un ordre : sortez de derrière vos écrans, allez vers les autres, créez des liens, renforcez vos relations. C'est le secret du bonheur, et c'est Harvard qui le dit !

Truc 20 : Faites-vous des copains

Trois amis proches suffisent
pour avoir un cœur en bonne santé.

Le Filtre

Les vrais amis sont comme des étoiles,
vous ne pouvez les reconnaître que
lorsqu'il fait sombre autour de vous.

Bob Marley

L'amitié double les joies et réduit de moitié les peines.

Francis Bacon

Si on parlait d'une médecine gratuite, sans ordonnance et pourtant révolutionnaire ? Pas un remède magique sorti d'un labo futuriste, non. Je parle de l'amitié. Ce lien universel qui transcende les cultures, bouleverse les cœurs, et, oui, booste la santé.

Comme la pluie, le rire des copains lave tout.

D'ailleurs, à Noël je préconise d'inviter les copains en rade de famille, ou issus d'une autre religion qui ne le fête pas. Pensez à faire une table ouverte, intergénérationnelle

– ça promet d'éloigner la perspective d'une soirée où l'on se retrouve sous une coulée de béton d'ennui.

Ma plus grande richesse, ce sont mes amis ! J'ai gardé mes copains de la petite enfance, du CP, du collège et du lycée… ceux de la fac, du boulot, puis du café des parents d'élèves… Bref, on est 250, quand je fête mon anniv !

Cultiver de belles relations est un art. Un ami, ce n'est pas seulement quelqu'un à qui envoyer des mèmes. C'est un véritable élixir de bien-être ! Voici pourquoi vous devriez vous mettre à l'agriculture amicale, car c'est prouvé comme le chante Henri Garat :

« Avoir un bon copain
Voilà ce qu'il y a de meilleur au monde
Oui, car, un bon copain
C'est plus fidèle qu'une blonde
Unis main dans la main
À chaque seconde
On rit de ses chagrins
Quand on possède un bon copain
À vos marques, prêts, liez-vous ! »

Alors, prêts à réviser vos relations, façon antidote contre la morosité ? Ce que dit la science…

— L'amitié, c'est bon pour la santé (et pour la vie tout court) : les chercheurs de l'université de Brigham Young sont formels : avoir des amis permet de vivre plus longtemps. Oui, vous avez bien lu. Des relations sociales solides augmentent votre espérance de vie aussi efficacement que l'arrêt du tabac.

— Une méta-analyse de 148 études (université de Brigham Young, 2010) a montré que les personnes ayant des relations sociales riches avaient 50 % de chances supplémentaires de vivre plus longtemps que les personnes isolées.
— L'isolement social est désormais considéré comme aussi dangereux pour la santé que 15 cigarettes par jour. (Et pourtant, personne ne te propose une pause câlin au boulot...).
— Et ce n'est pas tout ! Les amis, en réduisant votre stress (ciao, bye, le cortisol !), vous offrent un cœur en béton et une santé mentale d'acier. Les copains, c'est votre vraie sécurité sociale !
— Les brainstormings à gogo nous font du bien ! Un problème complexe ? Une idée folle qui vous trotte en tête ? Vos amis sont des coéquipiers de génie. C'est prouvé : nos échanges sociaux éveillent notre créativité. J. R. R. Tolkien et C. S. Lewis, à force de refaire le monde ensemble, ont pondu *Le Seigneur des anneaux* et *Le Monde de Narnia*. Alors, à quand votre prochain café créatif ?
— L'amitié est une épaule sur laquelle on peut tout poser : face aux tempêtes de la vie, l'amitié est cet ancrage qui empêche de chavirer. Une étude de l'université de Cambridge montre que les amitiés profondes boostent notre résilience. Prenez George et Lennie, dans *Des souris et des hommes*, de John Steinbeck : alors qu'ils sont si différents, leur lien transforme chaque obstacle en une marche vers l'avant.

Et dans *Intouchables* ? Un corps abîmé, et pourtant beaucoup d'émotions et un immense soutien.

— L'amitié est une boussole morale et culturelle : elle ne se contente pas de nous élever personnellement, elle construit des ponts entre les cultures. Gordon Allport, éminent psychologue, a prouvé que les relations intergroupes réduisent les préjugés. Fred Uhlman l'illustre à merveille dans *L'Ami retrouvé*, où l'amitié dépasse les frontières sociales et historiques. Pour ceux qui n'auraient pas lu ce chef-d'œuvre, il raconte l'amitié fragile d'un aristocrate allemand, Conrad von Hohenfels, avec Hans Schwartz, un Juif assimilé et pourtant rejeté, pendant les années 1930. C'est simple : le dialogue entre amis transforme le monde.

— L'amitié est une philosophie de vie : montrez-moi vos amis et je vous dirai qui vous êtes. Aristote voyait dans l'amitié vertueuse le sommet de la vie humaine. Et que dire de Montaigne, qui a eu ces mots à propos de La Boétie : « Parce que c'était lui, parce que c'était moi » ? Cette relation indéfectible nous pousse à grandir, à rêver, et à embrasser la vie avec plus de profondeur.

Pour toutes ces raisons, voici quelques conseils pour entretenir vos amitiés.

— Soyez présents dans les bons et dans les mauvais moments : être là pour les autres, ce n'est pas voler dans le ciel ou arrêter un train avec les dents. C'est répondre à un message même quand ça nous coûte, tenir une main sans rien dire, préparer du thé quand l'autre voudrait disparaître, rire quand le cœur pleure un peu, ou juste ne pas fuir quand ça gratte l'âme. Le vrai super-pouvoir ? C'est de rester humain quand tout pousse à se refermer. Et franchement, ça vaut bien une cape !

— Partagez des expériences : créez des souvenirs ensemble, un véritable album photos vivant !
— Communiquez ouvertement : dites ce que vous pensez, mais avec du tact. Ne cachez pas qui vous êtes : l'amour que vous portent vos amis aura une valeur d'autant plus grande que vous êtes honnête et vous-même avec eux.

Le mot de la fin ? L'amitié, ce n'est pas un bonus sympa de l'existence. C'est un levier de santé, de créativité et de bonheur. Alors, cultivez vos relations comme on entretient un jardin : avec soin, régularité et beaucoup d'amour. Parce qu'au fond, les amis, ce sont les vrais trésors de la vie.

Truc 21 : Ouvrez grand vos bras !

Dans ce chapitre, on parle de câlinothérapie ou des vertus de la tendresse ! La tendresse, c'est un câlin qui ne se prend pas au sérieux, un regard qui dit : « Je t'aime bien » sans besoin de sortir le champagne. Trop souvent reléguée au rang des mièvreries, elle est pourtant le chaînon manquant entre la chaleur humaine et une existence un peu moins pourrie. Vous avez dit essentiel ? Oui, et elle est tellement sous-cotée.

La tendresse est l'espéranto des émotions. Pas besoin de dictionnaire : un sourire, une main posée sur l'épaule, un clin d'œil complice font le job. Dans ce monde qui fonce comme un TGV sans frein, la tendresse nous crie : « Eh, stop ! Prenez un ticket retour pour l'humanité. »

Vous voulez savoir pourquoi vous devriez vous transformer en pro du câlin ?

— C'est un cocktail hormonal de ouf : les câlins libèrent des endorphines, de la dopamine et de l'ocytocine. Vous vous offrez un shot de bonheur à chaque étreinte !
— Ça vous protège des rhumes : si, si, je vous jure ! Une étude américaine a montré que 5 à 10 minutes de câlins par jour boostent le système immunitaire. C'est le nouvel « *an apple a day keeps the doctor away* » !
— C'est un antistress naturel : le contact humain abaisse la tension, ralentit le cœur et vous détend plus vite qu'un cours de yoga.
— Ça renforce la confiance : besoin d'un coup de boost avant un entretien ? Un gros câlin et vous voilà prêts à conquérir le monde !
— C'est bon pour le cœur : et pas seulement au sens figuré ! Les câlins réguliers améliorent votre santé cardiovasculaire.

— En famille : dire « je t'aime » avec un contact doux fait un bien fou aux enfants, aux parents, aux grands-parents… Ça soude les liens, en toute simplicité.
— Amis, animaux, plantes même ! Un geste affectueux, c'est de la chaleur partagée, sans rien en retour sinon un petit mieux-être immédiat.

Et si vous êtes du genre Droopy et que vous n'aimez personne, pas de panique ! Le self-hug est là pour vous. Entraînez-vous : un bras, puis deux autour de vous-même. Vous voilà en train de faire un câlin à votre meilleur ami (vous) !

Dans *Le Grand Livre de la tendresse*, on lit : « La tendresse est porteuse d'élans de bienveillance et elle vibre d'une attention si intense qu'elle touche au plus profond. » Traduction : c'est comme un super-pouvoir qui transforme les relations en petits miracles.

Huggez-vous ! La câlinothérapie, c'est l'art de s'enlacer avec conviction et sans complexe. Les câlins quotidiens renforcent les liens affectifs et réchauffent les cœurs refroidis par les factures EDF. Gratuit, renouvelable et compatible avec tous les modèles de fatigue émotionnelle, le câlin recharge tout. C'est une manière d'honorer l'humanité de l'autre. Que vous soyez du genre « hug-bear » ou « hug-timide », lancez-vous. Promis, ça fait du bien.

Alors, on se lance un défi ? Un câlin par jour pendant une semaine. Je suis prête à parier que vous allez devenir accros à la tendresse !

— Tendresse do it yourself : des gestes simples avec des impacts XXL.

— Un mot gentil : essayez. « Tu déchires » ou « Merci d'être toi » illuminera la journée de quelqu'un – et la vôtre.
— Un câlin avec supplément durée : au-delà de 20 secondes, c'est le jackpot hormonal.
— Une oreille attentive : écoutez vraiment. Oui, sans scroller Instagram en douce.

Parce que la tendresse, c'est le ciment des jours où tout part en vrille. Elle guérit, répare et fait sourire les âmes les plus maussades. En plus, c'est contagieux : vous donnez un peu, vous recevez beaucoup.

Tout vient à point à qui sait être tendre.

– 9 –

Secouez vos neurones !

Noël, c'est le printemps de l'esprit ; c'est tout promesse.

Émile Chartier (Alain)

Truc 22 : Challengez-vous

Préparez-vous à sortir de votre zone de confort et à embrasser l'inconfort, il va devenir votre nouveau meilleur ami ! L'astuce 22, c'est le dépassement de soi dans toute sa splendeur, un secret d'enfer pour booster votre estime de soi, votre corps, votre cœur et votre cerveau !

Imaginez un peu : vous êtes confortablement installé dans votre routine, et PAF ! Vous décidez de passer votre Nouvel An en silence dans le désert marocain, sous un ciel étoilé à couper le souffle. C'est exactement ce que j'ai fait l'hiver dernier, et laissez-moi vous dire que c'était peut-être le meilleur souvenir de ma vie ! C'est ça, le dépassement de soi : s'extraire de son quotidien pour vivre des expériences extraordinaires.

Chaque année, je choisis une étoile, une intention pour guider mes pas. Je vous conseille de faire pareil : c'est comme se donner un super-pouvoir pour l'année à venir. Pour le passage à 2025, j'ai choisi la légèreté. Et pour 2026, accrochez-vous bien : je vais fêter le Nouvel An au Népal, avec les bouddhistes dans leurs villes sacrées. Qui aurait cru qu'on pouvait mélanger méditation et réveillon ?

Parlons un peu de la méthode Wim Hof, cette technique de dépassement de soi qui fait fureur. J'ai eu la chance de tester le bain glacé avec une de ses disciples, Caroline Arditti, et c'est du loooourd ! Un cocktail détonnant de respiration, d'exposition au froid et de force mentale. Imaginez-vous en train de prendre un bain glacé tout en contrôlant votre respiration. Vous frissonnez déjà, je vous vois. Mais c'est exactement ce qui vous fait sortir de votre zone de confort !

Cette méthode promet monts et merveilles : renforcement du système immunitaire, boost d'énergie, réduction du stress... Vous donnez un coup de fouet à votre corps et à votre esprit en même temps, tout en vivant l'expérience de sortir de votre zone de confort !

Caroline m'a expliqué que le secret, c'est de commencer doucement. Pas besoin de plonger dans un lac gelé dès le premier jour. Commencez par des douches froides de quelques secondes, puis augmentez progressivement.

Le plus important, c'est de se rappeler que le dépassement de soi, ce n'est pas pour frimer. C'est un véritable outil pour renforcer son estime de soi. Chaque fois que vous repoussez vos limites, que ce soit en méditant dans le désert ou en prenant une douche froide, vous vous prouvez que vous êtes capable de bien plus que ce que vous pensiez.

Jetez-vous à l'eau, embrassez l'inconfort, et faites-en votre nouvel espace de bien-être. Choisissez votre étoile pour l'année à venir, lancez-vous des défis fous, et qui sait, peut-être que l'année prochaine, c'est vous qui me raconterez vos aventures de méditation glacée au sommet de l'Everest !

N'oubliez pas : comme le dit Wim Hof : « Le froid est impitoyable, mais c'est aussi un maître juste. » Alors on enfile son maillot de bain d'aventurier, on respire un bon coup, et on plonge dans l'aventure du dépassement de soi !

Truc 23 : Apprenez

Je suis sapiosexuelle ! Ne partez pas !! Ce n'est pas une nouvelle position du Kamasutra, c'est une façon de vous dire que ce qui m'attire, c'est d'apprendre encore et toujours plus... De découvrir des territoires d'intelligence nouveaux. Rien de plus sexy pour moi qu'une personne qui va m'apprendre quelque chose ! Je me rue le dimanche aux conférences de l'astrophysicien Christophe Galfard, le mardi soir aux ateliers Tenoua de Delphine Horvilleur pour tordre la Bible en groupe, je fonce aux séances de yoga et mythe d'Olivia Klimis et cours aux soirées exceptionnelles du *Live Magazine*, dont les journalistes viennent sur scène raconter leurs enquêtes. L'idée, c'est de faire pétiller ses neurones.

Vous pensiez que votre cerveau était en mode « retraite anticipée » ? Détrompez-vous ! C'est un véritable athlète qui ne demande qu'à s'entraîner. Et la bonne nouvelle, c'est que plus vous l'entraînez, plus il devient performant ! Des études ont montré que l'acquisition de nouvelles compétences, comme jouer d'un instrument ou apprendre une langue, booste la mémoire et la vitesse de traitement de l'information. Un vrai lifting naturel rien que pour votre matière grise !

Mais attendez, là où ça devient encore plus fou, c'est que l'apprentissage n'est pas seulement bon pour votre cerveau : ça vous donne une raison d'être, un sentiment d'accomplissement, et ça booste l'estime de soi, comme si vous vous offriez une séance de thérapie chaque fois que vous apprenez quelque chose de nouveau ! Et même pas besoin d'apprendre le russe ou de devenir un virtuose du violon pour garder votre cerveau en forme. Selon la neuropsychologue canadienne Nicole Caza, il suffit de rester actif, de lire, de confronter ses opinions à celles d'autres personnes.

Comment on s'y prend pour devenir un pro de l'apprentissage ? Voici quelques astuces.

— Choisissez une activité qui vous plaît. Profitez-en pour essayer quelque chose qui vous a toujours fait envie, ou bien une activité que vous n'avez pas pratiquée depuis longtemps, mais que vous aimiez pourtant. Ne cherchez pas à apprendre des choses qui ne vous intéressent pas si ça vous ennuie, vous avez autant de chances de persévérer qu'un poisson de vivre heureux dans le désert.

— Trouvez votre mode d'apprentissage. Vous êtes plutôt visuel, auditif, kinesthésique ? Qu'est-ce qui fonctionne le mieux pour vous ? Adaptez vos ressources en conséquence : avez-vous besoin de mémoriser photographiquement des informations dans des livres, de réviser votre présentation de demain en marchant, d'écouter des émissions avec vos AirPod vissés aux oreilles pour vous isoler du reste du monde ?

— Réservez du temps. Fixez un rendez-vous galant avec votre cerveau – mais surtout ne lui posez pas de lapin, il est extrêmement susceptible ! La plupart d'entre nous ont un peu perdu la notion du temps, tout semble s'accélérer et nous avons souvent la sensation d'en manquer. Ce qui est bien dans l'établissement d'un nouvel objectif, c'est qu'il nous oblige à structurer un peu notre agenda. Réservez certaines plages horaires chaque semaine pour l'apprentissage de votre nouvelle compétence et tenez-vous-y quoi qu'il arrive ! Qu'il s'agisse de grattouiller votre guitare ou de cultiver des fines herbes, l'important, c'est la régularité.

— Pratiquez, pratiquez, pratiquez. Dans le sport, plus vous en faites, plus vous devenez fort. La mise en pratique est la clé de l'apprentissage. Et, bonus, si

vous avez choisi une activité que vous aimez (c'était mon conseil number one de cette liste, donc vous avez intérêt à ce que ce soit le cas !), il y a de fortes chances pour que vous ayez envie de recommencer !
— Soyez patient. Rome ne s'est pas construite en un jour, et vous ne deviendrez pas un expert du jour au lendemain. Vous n'allez pas acquérir une nouvelle compétence dès le premier essai. Il faut du temps. Si vous êtes réellement motivé à apprendre, accordez-vous le temps nécessaire pour progresser tout en gagnant en confiance. Vous allez retrouver votre enthousiasme.

Allez, hop, hop, hop, on sort ses cahiers, ses instruments de musique, ses livres de cuisine exotique. Si j'en vois un qui lambine devant Netflix au lieu de se donner la chance de creuser un sujet-passion, ça va barder ! Apprenez, découvrez, explorez ! Et puis, comme dirait ma cousine (si elle était neurologue) : « Un cerveau qui apprend est un cerveau qui ne vieillit pas ! »

Alors, on s'y met ? Next step, j'apprends le grec.

– 10 –

Rapprochez-vous des étoiles

Devenir adulte, c'est reconnaître, sans trop souffrir, que le Père Noël n'existe pas.

Hubert Reeves

Truc 24 : Conversez avec le cosmos !

Ah, mes amis, préparez-vous à un voyage cosmique qui va faire briller vos yeux et votre cœur ! L'astuce 24, c'est de converser avec le cosmos et avec les étoiles. Je vous propose de prendre rendez-vous avec l'univers !

Mon activité favorite lors des nuits d'hiver, comme celles d'été d'ailleurs, c'est de m'allonger sur une terrasse, une montagne, une plage – un lieu sans pollution lumineuse – et de lever les yeux pour contempler le ciel clouté d'étoiles.

Comme si j'avais mon cinéma personnel (je veux bien vous le prêter), mais version Imax céleste ! L'idéal, c'est d'avoir mon fils Zacharie à côté (lui, je ne vous le prête pas, prenez une appli !), il est devenu un vrai pro des étoiles, j'ai un mini-Christophe Galfard à la maison !

Mon meilleur souvenir d'enfance est lors des camps d'été, quand nous dormions à la belle étoile, mes copains scouts et moi. Je crois que c'est pour ça que, quand j'ai lu cette annonce de voyagiste : « Dormez à la belle étoile dans le désert marocain », je me suis lancée en une fraction de seconde. Quel pied ! On dormait sous la plus belle toile de cinéma au monde : un panorama saharien étoilé à couper le souffle. L'univers avait déroulé son tapis rouge juste pour nous !

Et les étoiles filantes, on en parle ? Quand j'en vois une, c'est comme si mon cœur faisait un triple salto arrière. C'est magique, c'est cosmique, c'est orgasmique ! Comme le disait si bien notre pote Bob Marley : « Si tu fais un vœu, c'est parce que tu vois tomber une étoile. Si tu vois tomber une étoile, c'est parce que tu regardes le ciel. Et si tu regardes encore le ciel, c'est parce que tu crois encore en quelque chose. » C'est beau comme du Bob, non ?

Si observer les étoiles nous fait tant de bien, figurez-vous que c'est parce qu'il s'agit d'un vrai remède antistress ! Des études ont montré que contempler l'univers diminue l'anxiété et améliore la créativité. Une sorte de séance de méditation version spatiale. Et ce n'est pas tout : observer les étoiles est aussi bon pour notre santé mentale. Ça nous rappelle à quel point nous sommes petits dans l'immensité de l'univers, ce qui nous aide à relativiser nos problèmes. C'est comme si l'univers nous disait : « Eh, relax, ton problème de machine à laver en panne, c'est pas la fin du monde ! »

Je vous invite vraiment à sortir de chez vous, à trouver un coin sombre, à vous allonger et à vous laisser emporter par le spectacle céleste. Je sais, il fait un froid de canard : mais avec une bonne couverture douillette et, pourquoi pas, quelqu'un que vous aimez pour vous tenir chaud, ça vaut le coup de se lancer, non ?

Et rappelez-vous, comme dirait ma grand-mère (si elle était astronaute) : « La vie, c'est comme les étoiles. Parfois, il faut de l'obscurité pour voir à quel point elles brillent. » Alors, on éteint la lumière et on allume les étoiles ?

Truc 25 : Lisez dans les étoiles

Vous vous doutez qu'avec le nombre d'heures que j'ai pu passer à regarder les étoiles, je me suis prise de passion pour un nouveau hobby : les étudier. Connaître et comprendre notre thème astral peut nous apporter un éclairage formidable sur nos vies et sur tout ce qui nous a conduits là où nous sommes aujourd'hui. Vous savez, les étoiles, ce n'est pas juste un joli décor pour nos soirées d'hiver. C'est un grand livre cosmique qui raconte nos parcours, nos destinées. Et, pour peu qu'on nous l'explique bien, ce bouquin céleste peut devenir notre meilleur pote.

Prenez Sophie Ravier. Cette nana, c'est la rock star de l'astrologie ! Chaque jour sur Instagram, elle nous raconte nos signes comme si c'était le dernier épisode de notre série préférée. Et le dimanche, sur WhatsApp, elle dresse un petit bilan de la semaine passée. En plus, dans un livre, Sophie a imaginé un truc incroyable : elle a mixé l'astrologie avec la pop culture. Je vous laisse imaginer le tableau : prenez un zeste de votre signe et laissez Sophie vous l'expliquer avec une pointe de Beyoncé ou un tonneau de références à *Game of Thrones* ! Personnellement, je ne vois pas de meilleure façon d'imaginer se plonger dans l'astrologie !

Mais pourquoi est-ce si important de consulter les astres ? me direz-vous. Eh bien, c'est parce que chaque signe a sa propre recette du bonheur, son propre menu personnalisé rien que pour votre âme.

Allez, je vous fais un petit tour d'horizon rapide.

— Les signes de Feu (Bélier, Lion, Sagittaire) sont des vraies piles électriques. Pour eux, le bonheur, c'est l'action ! Si vous êtes issu de ces signes et qu'on vous demande de rester immobile, autant vous demander de ne pas respirer !

— Les signes de Terre (Taureau, Vierge, Capricorne), eux, sont les rois de la sécurité. Leur kif, c'est quand tout est bien organisé, comme une partie de Tetris parfaitement exécutée.

— Les signes d'Air (Gémeaux, Balance, Verseau) sont les intellos de la bande. Pour eux, le bonheur, c'est d'avoir une bonne conversation.

— Et enfin, les signes d'Eau (Cancer, Scorpion, Poissons) sont les rois de l'émotion. Pour eux, le vrai bonheur, ce sont les connexions affectives. C'est comme s'ils avaient un super-pouvoir d'empathie !

Je n'ai qu'un conseil à vous donner : plongez dans les étoiles, découvrez ce que les astres ont à vous dire. Et comme dirait Sophie Ravier (enfin, je l'imagine bien dire ça) : « L'astrologie, c'est comme un GPS pour votre âme. Ça ne vous dit pas où aller, mais ça vous aide à comprendre le chemin ! »

Alors, on consulte ?

(By the way, un thème astral, c'est une bonne idée de cadeau pour Noël, non ?)

– 11 –

Faites transpirer vos stylos

Truc 26 : Écrivez

Comme les nuits d'hiver sont les plus longues de l'année, je vous propose une activité antidéprime face aux nuits trop longues et à votre manque de vitamine D : prenez un papier, un stylo ou un ordinateur, et écrivez tout ce qui vous passe par la tête. Comme le dit si bien mon auteur phare, Christian Bobin : « Recopier une phrase qu'on aime, c'est comme regarder le soleil se lever deux fois dans la même journée. »

Écrire, c'est le nouveau yoga, mes amis ! C'est tellement à la mode que bientôt, on va voir des gens se balader avec des stylos en guise de collier (pour moi, ce sera des mini-quatre-couleurs en variation de roses pastel : mignon, non ?). Les cahiers pour tout et n'importe quoi se multiplient comme des petits pains, et les ateliers d'écriture poussent plus vite que des champignons après la pluie !

Mais s'il y a phénomène de mode, c'est qu'il y a quelque chose de ressourçant dans l'écriture. On part en exploration de soi-même et, comme l'a écrit René Char : « Les mots savent de nous ce que nous ne savons pas encore. » C'est comme avoir un psy dans votre stylo, l'écriture vous fait accoucher de vos pensées les plus insoupçonnées !

Quand on demande à Saint-John Perse pourquoi il écrit (enfin, pas moi, je l'ai pas connu, hé je suis pas si vieille arrêtez !), il répond : « Pour mieux vivre. » C'est tout simple et joli comme tout, non ?

Des études sérieuses ont montré que l'écriture intime peut faire des miracles pour les personnes souffrant de dépression majeure. Avec 20 minutes d'écriture par jour, l'indice de dépression baisse comme un soufflé raté. On combat le stress, les ruminations et les pensées négatives. C'est votre bouclier mental personnel !

Et pour ceux qui comptent les moutons jusqu'à l'aube, bonne nouvelle ! écrire aide à mieux dormir. Il suffit de griffonner vos ruminations pendant cinq petites minutes avant de vous coucher, et pouf ! vous dormez comme un bébé. C'est comme si vous vidiez le disque dur de votre cerveau avant de l'éteindre pour la nuit.

Enfin, si vous avez des objectifs à atteindre, dégainez votre stylo fissa, et que ça saute ! Écrire vos objectifs augmenterait vos chances de réussite de 42 %. Car vous allez vite vous rendre compte qu'écrire permet de prendre du recul sur des situations, de clarifier ce qui est important pour vous et d'apprendre à mieux surmonter les obstacles. Ce n'est pas de la pensée magique, c'est de la pensée stratégique !

Alors, prenez un stylo, un cahier, ou même votre vieux clavier, et écrivez ! Écrivez comme si votre vie en dépendait (parce que d'une certaine façon, c'est le cas). Que ce soit une correspondance, un journal intime, ou même la liste de courses la plus poétique du monde, lancez-vous !

N'oubliez pas : comme dirait ma grand-mère (si elle était écrivaine) : « Un mot par jour éloigne le médecin pour toujours ! »

– 12 –

Saupoudrez votre vie de poésie

Truc 27 : Profitez de chaque instant

À la guerre comme à la guerre : au lieu de bouder dans un coin, préparez-vous à changer de narratif et à profiter de la fête. Vous risqueriez même de vous laisser embarquer et finalement de vous amuser avec la nouvelle chérie de mamie !

On nous bassine tellement avec l'instant présent qu'on pourrait croire que c'est la nouvelle recette miracle pour tous nos problèmes. Eckhart Tolle en a fait un livre, *Le Pouvoir du moment présent*, comme si c'était la clé universelle du bonheur… et il avait peut-être raison ! Nous vivons à une époque où le temps semble à la fois élastique et insaisissable. On jongle entre nostalgie du passé et anxiété vis-à-vis du futur, oubliant souvent que tout ce qui compte réellement se trouve ici et maintenant.

Pourquoi est-ce si difficile ? Mais parce que notre cerveau adore ruminer et anticiper le pire, bien entendu !

C'est un mécanisme fort utile pour la survie mais qui, aujourd'hui, nous coûte cher en termes de bien-être. Pourtant, la science le confirme : se reconnecter au moment présent peut transformer notre santé mentale et physique. Alors, plongeons dans les bienfaits de cet art et essayons de l'intégrer à nos vies.

Lorsque nous vivons pleinement l'instant, notre cerveau cesse de tourner à plein régime. La pleine conscience, qui est à l'origine de nombreuses pratiques, réduit les niveaux de cortisol (l'hormone du stress), améliore la concentration et renforce les capacités cognitives. Selon une étude publiée dans *Frontiers in Psychology* en 2018, même quelques minutes de pratique quotidienne suffisent à réguler nos émotions et à éveiller un sentiment de gratitude.

Comment faire ?

— Respirez. Oui, c'est aussi simple que cela. Prenez une minute pour observer votre souffle sans le changer. Votre corps et votre esprit vont naturellement se calmer.

— Observez. Ce que vous voyez, sentez, entendez autour de vous. Transformez chaque détail en une opportunité de vous ancrer dans l'instant.

Dans *Le Pouvoir du moment présent*, Tolle affirme que la plupart de nos souffrances proviennent de notre incapacité à vivre maintenant. « Le passé et le futur n'ont de réalité que dans notre esprit », écrit-il. Son approche peut sembler simple, évidente, mais la mettre en application est plus difficile. Pourtant, elle résonne avec une vérité universelle : lorsque nous acceptons pleinement l'instant, nous nous libérons des charges inutiles.

Il ne s'agit pas d'ignorer les événements du passé ou de cesser de planifier l'avenir, mais de comprendre que seule l'action présente peut changer notre trajectoire. Cette concentration sur l'ici et maintenant évite la paralysie que créent le regret ou la peur.

Les neurosciences ne disent pas autre chose :
— une étude de l'université Harvard a montré que les personnes pratiquant la pleine conscience voient une augmentation de leur matière grise dans les régions liées à l'apprentissage, la mémoire et la régulation émotionnelle ;
— la réduction du stress grâce à des pratiques comme la méditation ou la pleine conscience est associée à une diminution de 20 % des risques de maladies cardiovasculaires et c'est le *Journal of the American Medical Association* qui le dit.

Comment appliquer cette clé au quotidien ?
— Prenez une micro-pause « moment présent » chaque jour. Que vous soyez au bureau, dans les transports ou à la maison, fixez-vous une règle : 5 minutes pour vous recentrer.
— Créez des rituels. Une tasse de café savourée sans distraction, un coucher de soleil regardé sans

portable… Ce sont ces instants simples mais profonds qui enrichissent notre vie.
— Soyez indulgent avec vous-même. Nous ne pouvons pas toujours être ancrés dans le présent, et ce n'est pas grave. Mais chaque effort compte.

Se concentrer sur le moment présent, ce n'est pas une simple lubie new age, c'est une révolution silencieuse pour notre bien-être. Pour reprendre les mots d'Eckhart Tolle : « L'étincelle de la transformation commence lorsque nous acceptons pleinement ce qui est, ici et maintenant. » Il suffit d'une étincelle…

Et vous voulez savoir un truc fou, insoupçonné, inattendu ? Certains prétendent même que vivre dans l'instant présent serait un remède à la prise de poids. Eh oui, apparemment, être conscient de chaque bouchée qu'on avale nous empêcherait de vider le frigo en mode pilote automatique. C'est vrai qu'on n'a jamais vu un moine bouddhiste avec un petit bidon (oubliez Bouddha, c'est l'exception qui confirme la règle) !

Voici quelques raisons pour lesquelles être présent pourrait vous aider.
— Ça calme le hamster dans votre tête : au lieu de ruminer le passé ou de stresser pour l'avenir, vous mettez votre cerveau en mode « pause » et vous vous concentrez sur l'ici et maintenant.
— Ça booste votre concentration : quand vous êtes vraiment présent, vous êtes plus efficace dans ce

que vous faites. Vous débloquez un super-pouvoir de productivité !

— Ça améliore vos relations : en étant vraiment présent avec les autres, vous créez des connexions plus profondes.

— Ça peut effectivement vous aider à manger moins : en étant conscient de ce que vous mangez, vous êtes plus à l'écoute de vos sensations de faim et de satiété. Écoutez un peu le GPS interne dans votre estomac !

Alors, comment faire pour être plus présent ? Voici quelques astuces.

— Respirez profondément : ça vous ancre dans l'instant.

— Observez vos sens : qu'entendez-vous ? Que voyez-vous ? Que sentez-vous ?

— Faites une chose à la fois : adieu le multitâche !

— Méditez : même 5 minutes par jour peuvent faire une différence.

N'oubliez pas : être présent, ce n'est pas ignorer le passé ou le futur. C'est arrêter de vivre comme si le présent était une salle d'attente – ou de conception – pour le reste de votre vie.

Alors, êtes-vous prêts à faire du présent votre nouveau meilleur pote ? Je mets ma main à couper que vous risquez de découvrir que le secret du bonheur était sous votre nez depuis tout ce temps.

Truc 28 : Mettez de la poésie dans votre vie

Pour commencer, petit haïku de Noël :

« Dinde congelée,
Tante Josiane parle trop fort,
Vivement janvier »

Vérité glanée sur le compte @aquoibonlespoètes : « La poésie colore la vie. » Croyez-moi, c'est du lourd – et du tout joli ! C'est comme si vous mettiez des lunettes 3D sur votre quotidien, tout devient plus vif, plus intense, plus… poétique !

Vous souvenez-vous de cette scène culte du *Cercle des poètes disparus* ? Quand Robin Williams, qui incarne brillamment le professeur, nous dit qu'on lit et écrit de la poésie non pas parce que ça fait joli, mais parce qu'on est humain ? Eh bien, c'est exactement ça ! La poésie, c'est comme un miroir de l'âme humaine, avec toutes ses passions, ses joies, ses peines. À la question : « Pourquoi la poésie existe-t-elle ? », je vous réponds : pour enjoliver le quotidien, pardi ! Comme le dit si bien le poète Arthur Teboul (l'adorable moustachu qui a honoré Manouchian au Panthéon), nous manquons cruellement de poésie dans nos vies. C'est comme si on avait oublié de mettre du sel dans notre plat préféré. Ça manque de saveur !

La poésie est l'antidote parfait à notre monde hyperconnecté, hyperspeed, hypertout ! Elle est un moment de respiration dans le tourbillon de la vie, une sorte de bouton « Pause » sur la télécommande de notre quotidien, simplement pour savourer l'instant présent.

Et vous savez quoi ? La poésie, c'est pour tout le monde ! D'Aragon à Baer, de Luchini à La Fontaine, il y en a pour tous les goûts. Alors, plongez dans un recueil de poèmes, laissez-vous porter par les mots, les rythmes, les images. Peut-être même que vous découvrirez que vous avez votre propre rime à ajouter au grand livre de la poésie.

Pour les Japonais, les haïkus sont des médicaments, des alliés de vie. Je cite Pascale Senk, spécialiste du sujet, qui en parle si bien : « L'écriture poétique n'est pas un exercice vain, un ornement détaché de l'existence, comme une plante verte exposée en décoration sur une cheminée ; la poésie est sève, feu, parfum envahissant, énergie transformatrice passant d'un être à un autre… Elle imprègne le cœur et le corps de celui qui l'écrit, certes, mais aussi de celui qui la lit. Fréquentée régulièrement, ou passionnément, elle ne peut qu'influencer sa manière d'être au monde. »

Chaque jour sur mon compte Insta, j'essaie d'aller chercher la poésie là où elle est : dans tous les détails du quotidien. Dans tous ces petits instantanés de la vie et, surtout, là où on ne l'attend pas : les jeux de mots tirés par les cheveux des enseignes de coiffeur, les noms de rue et des villes, des vieilles pierres polies par le temps qui forment un cœur sur les pavés…

La poésie est partout autour de nous, pour peu que l'on se donne la chance de bien regarder. Ouvrez les yeux !

Truc 29 : Ayez un gri-gri !

J'ai beau être une spinoziste chevronnée et ne pas croire au folklore religieux, je ne parviens pas à me défaire de la croyance au gri-gri, c'est plus fort que moi ! J'ai un poisson autour du cou (symbole méditerranéen de porte-bonheur), un œil tatoué sur le dos pour éloigner le mauvais sort, des petits mots cachés partout dans mon portefeuille, un ex-voto de mon île grecque préférée, des pierres vertueuses à gogo… Je conserve même mes tickets d'entrée pour les événements où j'ai passé des moments précieux, seule ou avec mes proches – je peux ainsi m'organiser une sorte de petite chasse au trésor rassurante quand j'ai besoin de réconfort –, ainsi que les chaussons de danse de mon enfance. Je chéris ces petits « doudous » magiques.

C'est grave, docteur ? Pas du tout. Il paraît que Freud lui-même accumulait toutes sortes d'amulettes. Ce bon vieux Sigmund disait que c'était pour stimuler l'imaginaire de ses patients… Mon œil !

Pour conjurer le mauvais sort, Victoria Beckham a dans son sac à main une collection de petits cristaux, et Naomi Campbell porte un pendentif bleu, appelé l'œil du diable, autour du cou. Benicio del Toro ne se sépare jamais d'une bague en bois – « pour pouvoir toucher du bois à tout moment », a-t-il déclaré – et Barack Obama collectionne les objets qu'on lui offre, qu'il met tour à tour dans une poche de sa veste : une croix copte éthiopienne, un rosaire offert par le pape François, un jeton de poker, cadeau d'un motard de l'Iowa… Plus abstrait, la chanteuse Taylor Swift a pour porte-bonheur le chiffre 13 : « Je suis née un 13. J'ai eu 13 ans un vendredi 13. Mon premier album est devenu disque d'or en 13 semaines », explique-t-elle.

Le mot « talisman » vient du latin *amuletum*, qui signifie « moyen de défense ». Ce sont des ornements qui, en raison de la symbolique qu'on leur attribue – leur histoire, leur forme, leur couleur –, sont censés protéger ceux qui les portent. Comme l'explique la philosophe et psychanalyste Elsa Godart : « Nous vivons dans une société agressive et une époque pleine d'inquiétudes : un objet fétiche comme le talisman permet de faire face à l'angoisse de la vie, à la solitude, à l'incertitude du lendemain. » Dans son ouvrage *Les Vies vides. Notre besoin de reconnaissance est impossible à rassasier**, elle explore ce besoin fondamental de s'accrocher à des repères symboliques, qu'ils soient matériels ou affectifs. Ces talismans deviennent alors des vecteurs de mémoire et de réconfort, un moyen de trouver du sens dans un monde parfois déstabilisant. Elle compare les gris-gris à des doudous : « Ce sont des objets auxquels on s'accroche, et qui nous permettent de résister. Parfois même des vecteurs de mémoire. »

Les interprétations symboliques des talismans sont vastes, liées autant à la superstition qu'à la spiritualité. Nous mettons dans ces différentes amulettes un peu de merveilleux. D'ailleurs, la reine pour mettre en valeur ces objets magiques, c'est l'artiste plasticienne Sophie Calle ! Elle est une véritable championne en la matière et elle en

* Armand Colin, 2023.

fait des expositions incroyables, transformant ces objets en œuvres d'art porteuses de récits et d'émotions.

Et vous ? Vous n'avez pas encore de gri-gri ? Si Obama, Beckham ou del Toro en ont, peut-être est-il temps de trouver le vôtre ! Moi, j'ai plein de mini-rituels et mes cadeaux préférés, ce sont des objets avec du sens et de l'histoire, comme une mappemonde ou un cadre ancien. Ils sont pour moi des capsules de souvenirs, un lien tangible avec des moments ou avec des lieux qui comptent. Offrir ou recevoir un objet chargé d'histoire, c'est comme partager un fragment d'âme, une petite part de magie qui continue de vibrer au fil du temps. Voilà, vous savez quoi m'offrir à Noël maintenant !

Je conclurai avec les mots simples, mais éloquents, du philosophe Charles Pépin : « Un gri-gri peut réenchanter l'existence. » Alors profitez de ces objets pleins de vibrations et offrez-leur une place dans votre vie !

Truc 30 : Voyez la beauté partout

Quand j'ai le coup de blues de Noël, je vais voir le bleu de Klein ! Enfin, façon de parler, je n'en ai pas dans mon salon ! Alors je googlise, je fonce au musée le plus proche et bim, je débarque comme un touriste japonais devant *La Joconde* ! Ne parlons même pas des tableaux de Monet ou de l'atelier de Delacroix. Là, je fonds de bonheur comme un Esquimau au Sahara ! Mon truc, c'est de faire le bureau buissonnier, pour m'octroyer ce petit instant de recharge des batteries au moment où j'en ai besoin – boulot ou pas boulot ! Ça marche à tous les coups pour me remonter le moral.

En prendre plein les mirettes, voilà en quoi consiste mon astuce 30 : contempler la beauté ! Ce n'est pas Dostoïevski qui me contredira, lui qui fait dire à son personnage principal dans *L'Idiot* : « La beauté sauvera le monde. »

Qu'est-ce qui nous procure ce sentiment de bien-être, dans l'art ? Pour la définition de ce mot, le dictionnaire parle de recherche de perfection, d'harmonie des proportions ou encore d'équilibre. Elle peut s'appliquer à une œuvre d'art, mais aussi à une personne, à une relation, ou à la nature…

La beauté nous rend contemplatifs. Notre corps se met en pause, notre esprit aussi. On entre dans un état de gratitude pour cette création. Le beau stimule notre cerveau et, par le jeu physiologique des hormones, apporte la détente à notre corps. Notre respiration ralentit et nous entraîne naturellement vers la méditation. Ça détend, ça procure de la joie, ça fait du bien physiquement.

Évidemment, et ça fait sans doute partie des expériences de beauté les plus bouleversantes, ça marche aussi en pleine nature. Vous êtes en randonnée, à bout de souffle, prêt à abandonner, et PAF ! vous atteignez un sommet où la vue vous coupe le souffle (enfin, ce qu'il en reste). Soudain, c'est magique, votre corps a complètement oublié que vous venez de le malmener pendant des heures – il est juste subjugué, dans un état second.

Il existe une infinité d'objets dans lesquels trouver la beauté. Pour ma mère, c'est une table magnifiquement dressée, pour mon mari Vincent, un superbe bouquet ; pour mon père, un parcours de golf parfaitement ciselé ; pour mon frère, un bâtiment audacieux et, pour mon autre frère (ce nerd), des équations de mathématiques... À chacun sa beauté ! Je vous invite à trouver la vôtre, celle qui émerveille votre œil, vous émeut, vous fait réagir.

Peinture, musique, écriture, sculpture... Aucune de ces pratiques ne vise uniquement à « produire de l'art », elles sont surtout une façon d'exprimer des émotions, de se reconnecter à soi-même et de guérir. Dans cette perspective, le Dr Mathias Gorog a demandé à la fondation Carmignac de créer un musée nomade pour ses patients de l'hôpital Sainte-Anne, sorte de cabinet de curiosités du XXIe siècle monté sur roues, magnifique, avec des œuvres de Dora Maar, Miquel Barcelo et Yves Klein. Faire entrer la beauté pour échanger. L'art est une garantie de santé mentale.

L'art-thérapie est une technique fascinante pour retrouver du bien-être par le biais de différentes approches artistiques. L'idée n'est pas de créer une œuvre parfaite, mais de laisser libre cours à son ressenti. Des études montrent que cette pratique peut réduire le stress, diminuer l'anxiété et améliorer l'état émotionnel. Elle est également utilisée pour aider à surmonter des traumatismes ou accompagner des patients atteints de maladies chroniques. C'est une invitation à explorer son monde intérieur, à déposer ses peines sur une toile ou à transformer sa douleur en mélodie.

Ses bienfaits sont multiples : meilleure gestion des émotions, sentiment de fierté allant jusqu'à une augmentation de l'estime de soi. Alors pourquoi ne pas vous y mettre, vous aussi ? L'art peut vraiment être un allié pour aller mieux. Ouvrez grand les yeux et remplissez-les de merveilles. Que ce soit un tableau, un paysage ou même la tête de votre voisin (si, si, on peut trouver de la beauté partout, encore faut-il être un peu chanceux), laissez-vous éblouir !

N'oubliez pas : comme dirait ma grand-mère (si elle était conservatrice de musée) : « Un beau tableau par jour éloigne le médecin pour toujours ! »

Alors, on se fait une expo ?

– 13 –

Montez le son de votre intuition

Truc 31 : Écoutez votre voix intérieure

Tout n'est pas à jeter à Noël. Ce bon vieux Père nous offre une semaine de vacances pour souffler et se ressourcer après cette débauche matérielle.

Il m'aura fallu presque trente ans pour comprendre que le plus important dans la vie, c'est d'écouter son intuition ! Meilleur GPS personnel au monde. S'écouter, oui, mais s'écouter bien, et avec sincérité. Ça nécessite aussi de prendre le temps de se pencher sur les casseroles qu'on trimballe et de laver son linge sale. Mais, une fois que l'on est capable de ça, l'intuition est le meilleur indicateur pour prendre le chemin de vie le plus aligné avec qui nous sommes et ce à quoi nous aspirons.

Je vous conseille de faire grandir ce super-pouvoir intérieur avec l'astuce 31. Victor Hugo l'a dit mieux que personne : « C'est parce que l'intuition est surhumaine qu'il faut la croire, c'est parce qu'elle est mystérieuse qu'il faut l'écouter, c'est parce qu'elle semble obscure qu'elle est lumineuse. »

C'est en suivant mon intuition profonde qui me soufflait de créer un média positif qui n'existait pas que j'ai rencontré un succès inattendu avec mon compte Instagram, et c'est aussi ce qui m'a permis de découvrir que Mamouz (mon petit nom d'ado) pouvait se confondre avec amusement.

Alors, comment fait-on pour booster cette petite voix intérieure ? Voici quelques astuces.

— Buvez votre café (ou votre thé, peu importe le breuvage) en pleine conscience : soyez vraiment là, sentez son parfum, savourez-en chaque gorgée. Qui aurait pensé qu'on pouvait faire des méditations caféinées ?
— Écoutez votre corps : il vous envoie des signaux tout le temps. Ces papillons dans le ventre ? Ce n'est pas forcément le burrito d'hier soir, c'est peut-être votre intuition qui parle !
— Faites-vous confiance : l'intuition est un muscle mystique. Plus vous l'utilisez, plus elle se renforce. C'est l'occasion de laisser votre cerveau rationnel prendre quelques vacances de temps en temps !
— Tenez un journal d'intuition : notez vos pressentiments et vérifiez s'ils se réalisent. C'est comme tenir un journal intime, version Nostradamus !
— Méditez : ça aide à faire taire le brouhaha mental et à entendre votre petite voix intérieure, à mettre votre cerveau en mode silencieux pour mieux capter les ondes intuitives.

Gerd Gigerenzer, un psychologue allemand qui a l'air d'avoir mangé de la sagesse au petit déjeuner, dit que « l'intuition est la plus haute forme d'intelligence ». C'est comme si votre cerveau faisait un smoothie avec tout ce que perçoivent vos sens et qu'il vous en servait la quintessence – avec un zeste de mystère !

N'oubliez pas : l'intuition et la logique sont comme l'inspiration et l'expiration. Toutes deux sont nécessaires à une vie équilibrée. Alors, la prochaine fois que vous avez une décision à prendre, fermez les yeux, respirez profondément et écoutez cette petite voix intérieure. Elle a peut-être quelque chose de génial à vous dire ! L'écoute intérieure est une boussole pour la vie.

– 14 –

Feuilletez, décollez !

Truc 32 : Lisez

Comme Voltaire le dit mieux que personne, « la lecture agrandit l'âme, et un ami éclairé la console ». Profitez de cette parenthèse de temps que constitue la lecture.

Même si chez moi tout le monde lisait avec ferveur, j'ai découvert les joies de la lecture plutôt tard, vers 16 ans. Le saint bouquin était la seule idole possible et la seule boussole, mais je ne comprenais pas bien cet engouement familial. Le jour où j'ai eu un déclic – est-ce avec *Scarlett, si possible*, de Katherine Pancol, ou avec *Moi, Christiane F., 13 ans droguée, prostituée* ? –, j'ai compris que la littérature me servirait à tout, à chaque instant dans ma vie.

La lecture, c'est mon antidépresseur par excellence, mon meilleur pote, mon allié de tous les instants. Avec un livre, je me sens comme Wonder Woman avec son lasso de vérité : invincible ! Insomnie ? Pas de problème, j'ai mon roman. Moment d'ennui ? Hop, je plonge dans une aventure. C'est comme avoir un meilleur ami en permanence dans sa poche : je dégaine Ken Follet ou Irvin Yalom en cas de coup de mou. Un Zweig, un Kessel, un Gary ou un Balzac pour reprendre du souffle. Des Foenkinos pour se réjouir ! Et de bonnes biographies de Dominique Bona pour s'empowerer !

Bref, la lecture comme thérapie, j'y crois dur comme fer !

Et vous savez quoi ? Il n'y a pas que moi qui pratique la lecture-thérapie. Des scientifiques ont mis le nez dans les bouquins et ont découvert des trucs de ouf ! Tenez-vous bien : lire avant de dormir fait baisser le rythme cardiaque ainsi que la tension artérielle et musculaire. C'est comme si vous transformiez votre lit en spa littéraire !

La lecture réduit le stress de 68 % en seulement 6 minutes. C'est plus rapide qu'un épisode de *Friends*, et bien plus efficace qu'un verre de vin (et sans la gueule de bois le lendemain) ! Ce n'est pas tout : la lecture stimule vos neurones, booste votre mémoire et vous rend plus intelligent.

Alors attrapez un bouquin, installez-vous confortablement, et partez à l'aventure. Le seul risque que vous prenez, c'est de découvrir un nouveau monde, peut-être de résoudre un mystère ou deux, voire, qui sait, de tomber amoureux d'un personnage de fiction (ça arrive plus souvent qu'on ne le pense...) !

N'oubliez pas : comme dirait ma grand-mère (si elle était bibliothécaire) : « Un livre l'après-midi et c'est reparti ! » Alors, on se met à la lecture ?

– 15 –

Illuminez-vous

Truc 33 : Ensoleillez-vous

Je suis un vrai lézard, j'ai une passion : me prendre pour un tournesol au soleil. Il paraît que le pédiatre a dit dès ma naissance que j'aurais besoin de vitamine D à gogo pour cause de peau de Tunisienne contrariée à Paris !

Moi, le soleil me booste, m'énergise terriblement. Alors, en hiver, je suis terriblement en manque, je suis sûre que je ne suis pas la seule, pas vrai ? Heureusement, il existe des méthodes alternatives qui ont fait des progrès incandescents. Au début des années 1980, on découvre la luminothérapie : on comprend que la lumière est aussi vitale pour l'homme que l'eau ou l'air. Au même moment, les UV, chers à Séguéla, font leur apparition... avant d'être vite bannis pour leur dangerosité. Récemment, une épidémie de masques led à lumière rouge a envahi les réseaux sociaux, les influenceuses en raffolent.

Aujourd'hui, les scientifiques maîtrisent l'onde lumineuse au nanomètre et au lumen près, permettant de gérer de façon précise intensité, fréquence et onde.

On pourrait comparer le pouvoir de la lumière à la photosynthèse chez les végétaux – qui, je vous rappelle vos cours de SVT, leur apporte rien de moins que de l'oxygène ! Douze minutes par jour sont suffisantes pour réguler troubles de l'humeur, du sommeil et douleurs chroniques. Victor Hugo l'a dit avec une grande beauté : « Même la nuit la plus sombre prendra fin et le soleil se lèvera. »

Vous devriez vraiment faire ami-ami avec le soleil. Vous savez pourquoi ?

— C'est une usine à sérotonine : il stimule la production de cette hormone du bonheur. Shot de bonne humeur garanti à chaque exposition !
— Il booste votre vitamine D : votre corps en fabrique dès que vous vous exposez au soleil. Un joli cadeau que vous pouvez faire à vos os et à votre système immunitaire, avec un air « bonne mine » en prime !
— Il régule votre horloge interne : la lumière du soleil aide à synchroniser votre rythme circadien. C'est comme avoir un horloger personnel pour votre corps !
— Il vous met de bonne humeur : une journée ensoleillée, c'est comme un antidépresseur naturel. Fini le blues du dimanche soir !
— Il booste votre énergie : le soleil fait l'effet d'une bonne tasse de café fumant – mais sans la nervosité et les taches sur les dents !

Le saviez-vous ? Il existe aussi toute une tribu d'adorateurs du soleil !

— Les héliophiles : du grec *hélios* (« soleil ») et *philos* (« amateur », « ami » ou « amoureux de »), ce mot signifie littéralement « ceux qui aiment le soleil ». Je coche cette case à 200 % !
— Les opacarophiles : « opaca » vient du latin *opacus*, qui signifie « sombre », « ombragé » ou « crépusculaire ». Ce terme fait référence à la période où le soleil disparaît à l'horizon.
— Sans oublier les chasseurs de couchers de soleil et les admirateurs de l'horizon.

Mais attention, mes petits rayons de soleil, n'oubliez pas de vous protéger ! Crème solaire, chapeau, lunettes… C'est comme mettre une armure à votre peau pour qu'elle reste belle et en bonne santé.

Alors sortez de votre grotte et allez prendre un bain de soleil. Comme le disait Hans Christian Andersen : « Vivre ne suffit pas, on a besoin de soleil, de liberté et d'une petite fleur. » Qui sait, peut-être que vous trouverez aussi cette petite fleur en chemin !

N'oubliez pas : comme dirait ma grand-mère (si elle était dermatologue) : « Un rayon de soleil à l'heure éloigne le médecin et tous ses malheurs ! » Bonne dorade de pilule à tous !

– 16 –

Tous à la bricole-thérapie

Truc 34 : Faites quelque chose de vos mains

Vous êtes là, stressé comme un hamster dans sa roue, et PAF ! on vous propose de faire de la céramique, de la peinture sur soie ou du tissage. Hop, hop, hop, pas si vite, je vous vois essayer de vous faire la malle ! Mais même si vous ne connaissez pas ces activités et qu'elles ne vous inspirent trop rien, laissez-vous la chance d'essayer. Si c'est votre truc, vous en ressortirez léger comme après une séance de thérapie, façon do it yourself !

Cela dit, j'admets que ce n'est pas forcément la tasse de thé de tout le monde… Moi, par exemple, je ne suis pas faite pour ce genre d'activités qui risquent de m'énerver crescendo – c'est comme demander à un éléphant de faire de la dentelle, ça peut vite tourner au désastre ! Cependant, les activités manuelles peuvent être de véritables sources de détente et de créativité ; une façon de donner à vos mains le pouvoir de tranquilliser votre esprit. Les bienfaits sont nombreux, par exemple pour le stress : on dit que modeler de l'argile, c'est comme pétrir tous ses soucis ; et que le tricot est excellent pour la concentration – une façon de méditer, mais avec un résultat tangible et (plus ou moins) réussi à la fin !

Créer quelque chose de ses mains, c'est se donner une médaille à chaque projet terminé. Un boost pour l'estime de soi ! Alors, si vous êtes du genre patient et minutieux, lancez-vous. Qui sait, peut-être que vous vous découvrirez un talent caché pour la poterie ou le macramé.

Mais si, comme moi, l'idée de faire de la peinture sur soie vous donne envie de hurler et de taguer les murs en signe de mécontentement, pas de panique ! Il y a plein d'autres façons de se détendre. Après tout, chacun son truc pour décompresser. N'oubliez pas : comme dirait ma tante (si elle était thérapeute comportementale) : « L'important, c'est de trouver l'activité qui vous fait du bien, pas celle qui vous donne envie de tout casser ! »

Alors, on se lance dans le tricot ou on opte pour une séance de karaoké ?

– 17 –

Mettez du toboggan pour adultes dans votre vie

Truc 35 : À vos tout-doux listes !

Trouvez ce qui vous fait plaisir. Faites une tout-doux liste de ce que vous aimez et offrez à votre cerveau un festin de caresses et de bonheur !

Voici pourquoi faire des listes de ce qu'on aime, c'est le nouveau secret du bonheur…

— Ça vous rappelle les petits plaisirs de la vie : en listant des activités, des ressentis, des choses à regarder… ou tout ce qui vous fait sourire, c'est un peu comme si vous créiez votre propre menu de bonheur personnalisé.

— Ça vous aide à rester positif : quand vous avez passé une mauvaise journée, jetez un coup d'œil à votre liste. Effet antidépresseur de poche instantané !

— Ça vous permet de mieux vous connaître : en listant ce que vous aimez, vous apprenez à mieux cerner

et écouter vos attentes. C'est comme si vous preniez un selfie de votre âme !
— Créez de la poésie dans votre quotidien : transformer ce qui vous arrive en textes poétiques, c'est comme mettre des paillettes sur votre journée. Même faire la vaisselle peut devenir poétique si on y met du cœur !
— Cela donne un sentiment d'accomplissement : rayer une ligne de votre liste, quoi de plus jouissif ? C'est prouvé, ça libère des endorphines !

Comme le dit Sylvie Chokron, spécialiste du cerveau, on a tous nos lubies du bonheur. Il faut juste les trouver ! Que ce soit en décorant notre table, en brodant nos vestes ou en faisant des haïkus sur nos tâches ménagères, l'important, c'est de se faire plaisir. Alors, on dégaine son stylo et on dresse sa liste du bonheur !

Truc 36 : Réveillez votre âme d'enfant

Pensez-vous avoir gardé une âme d'enfant ?
— Oui.
— Stiti.

Je cherche des personnes adultes, réfléchies, posées, sérieuses, et responsables, pour aller avec moi sonner aux portes et partir en courant !

Ça manque de toboggan pour adultes, vous ne trouvez pas ? Sérieux comme un comptable un lundi matin… Et si vous décidiez de faire du hula hoop et d'y mettre tout votre corps comme si votre vie en dépendait ? Offrez-vous une séance de rétropédalage ! Repartez en avance, lâchez le contrôle, oubliez tout ce que vous avez appris pour devenir adulte ! Changez votre process ! Surprenez vos interlocuteurs par un comportement enfantin ! Faites des grimaces, sortez votre langue, comme Einstein ! Mettez de la légèreté dans votre quotidien, prenez la vie comme un jeu dès que vous le pouvez !

Voici quelques idées folles pour réveiller votre inner child…

— Faites du trampoline : c'est comme voler, mais sans le risque de se prendre un pigeon en pleine face (quoi que, si vous êtes vraiment doué…) !

— Chaussez vos rollers comme Juliette Armanet : qui a dit que le rock'n'roll était réservé aux ados ?

— Inscrivez-vous (et vos amis, en douce, c'est encore plus drôle) aux concours les plus dingos de France :

- participez aux championnats du monde de lancer de tong à Lacanau le 11 août : préparez vos orteils, ça va envoyer du pâté ;
- entraînez-vous pour le concours de gobage de flans : parfait pour ceux qui ont toujours rêvé de manger sans les mains (et sans dignité !) ;
- soyez les meilleurs au championnat de lancer d'artichauts à Henvic et battez tous les records à

celui du cri du cochon, à Trie-sur-Baïse : l'occasion rêvée de libérer votre porc intérieur !

N'oubliez pas : comme dirait ma grand-mère (si elle était cascadeuse) : « La vie est trop courte pour ne pas faire l'idiot de temps en temps ! » Alors, on enfile son tutu et on va faire du roller ?

Truc 37 : Contemplez les nuages

Levez les yeux vers le ciel pour cette astuce ! La plus vieille activité humaine : s'allonger dans l'herbe et regarder les nuages. C'est bon comme un voyage gratuit dans un monde de coton. Saviez-vous qu'il existe une Société des appréciateurs des nuages ? Et même une Journée internationale du nuage ? Comme si on avait créé un fan-club pour ces géants du ciel.

L'écrivain Mathieu Simonet a eu l'idée géniale de proposer une journée où les gens s'allongeraient dans l'herbe pour regarder les nuages et décrire ce qu'ils voyaient. C'est comme faire une pétition poético-politique pour protéger ces merveilles célestes. Plus de 2 000 personnes dans une dizaine de pays ont déjà participé, le 29 mars dernier. L'objectif est de créer une armée de rêveurs pour sauver les nuages ! Car avec le réchauffement climatique, ils font l'objet d'enjeux environnementaux : Mathieu Simonet se bat pour faire reconnaître leur statut juridique alors que des pays comme la Chine ou la France procèdent à « l'ensemencement », une manipulation moléculaire des nuages pour les faire pleuvoir ou pour éviter la grêle.

Observer les nuages, ce passe-temps gratuit, d'apparence inutile, consiste à sonder l'impermanence du ciel. Ces formations imprévisibles, éphémères et en constante évolution invitent à se reconnecter à l'instant présent. Le temps fait son œuvre et les nuages en sont la preuve. Pour les plus rigoureux d'entre nous, sachez qu'il existe dix types de nuages – cirrostratus, altocumulus, cirrus, et j'en passe (j'ai éveillé votre curiosité, pas vrai ?). Apprendre à les reconnaître, c'est comme devenir un expert en coton céleste. La prochaine fois que vous lèverez la tête, essayez de les identifier, plongez-vous dans un grand « Où est Charlie ? » le nez en l'air !

Il existe même un collectif d'artistes appelé TeamLab qui a proposé au SuperBlue de Miami une expérience géniale où on peut créer des nuages à partir de bulles de savon, plus vrais que nature, et jouer avec !

Allez, pour une fois qu'on a le droit de rester dans les nuages !

(Vous pensez que parfois, les nuages regardent vers nous, en bas, en se disant que les humains ont des formes rigolotes ?)

– 18 –

Osez l'Odyssée de l'âme

Truc 38 : Embarquez pour un voyage spirituel

Aventurière depuis le premier âge, je veux *tout* tester dans ma vie ! Alors, quand Adélaïde me parle de son amie chamane qui invoque les esprits… je fonce, non sans peur, et appelle la fameuse Laetitia… qui me dit : « Faisons la séance par visio. » De mieux en mieux, ces gourous 2.0 ! Je n'attendais rien mais j'étais très excitée par cette expérience. Comme je l'ai déjà dit : mon bonheur est de tout essayer. Pour moi, la découverte est un puissant moteur.

Me voilà donc allongée sur mon lit avec mon portable sur ma gauche. Laetitia m'interroge sur ce que je veux demander aux esprits. Difficile, au premier abord, de me concentrer sur les rythmes du tambourin qui résonnent en fond sonore de la séance. Mais, au bout de quelques minutes, me voilà projetée au cœur d'une cérémonie indienne d'Amérique, dansant au milieu d'eux. (Quand je pense que je me suis tellement moquée de mes parents et de leurs soins en tout genre, sudation indienne, bâton de parole, méditation transcendantale…) J'ai même vu (incroyable) une vingtaine de cœurs brûlants s'envoler dans les cieux. Je suis extatique. À la fin, Laetitia me dit qu'elle n'a jamais reçu ou vu autant de chaleur en faisant une séance. Je me sens super bien et elle aussi. Bonheur !

Je vous vois venir, bande de petits cartésiens. Ne rigolez pas trop, la chamane Corine Sombrun a intrigué des scientifiques qui ont décidé de mener une étude approfondie sur son cerveau. Je vous invite à lire son livre, *La Diagonale de la joie*, vous risquez d'en ressortir avec moins de certitudes que ce que vous pensiez !

Les soins chamaniques, c'est pas juste pour rigoler ! Le chamane travaille sur un plan invisible, traitant la part spirituelle de votre être. Il utilise des techniques comme le tambour chamanique, le nettoyage énergétique ou le recouvrement d'âme pour vous aider à retrouver l'équilibre. Mais attention, ce n'est pas de la magie noire ! Les soins chamaniques ne remplacent pas la médecine conventionnelle, ils la complètent. C'est une véritable pratique ancestrale qui peut vous aider à :

- redonner un sens à votre vie ;
- comprendre qui vous êtes vraiment ;
- vous reconnecter à votre être profond ;
- vous régénérer en période de confusion.

Alors, prêts à tenter l'expérience ? Que vous découvriez votre animal totem ou que vous appreniez à parler aux arbres, dans tous les cas, ça promet d'être une sacrée aventure !

– 19 –

Craquez sous la couette

Truc 39 : Éclatez-vous au lit

Là, on oublie tout de suite le foie gras, la dinde et les embrouilles familiales : pour vous réchauffer le cœur (et le reste) à Noël, j'ai une solution gratuite, naturelle et efficace en toute saison : le sexe joyeux.

Ce n'est pas moi qui le dis, c'est ma marraine Colette – oui, une baba cool première génération aussi à l'aise avec la méditation tantrique qu'avec la confiture bio. Elle m'a soufflé un secret de longévité amoureuse que même les meilleurs psys n'oseraient afficher en vitrine : « Amuse-toi au lit, chérie. Tu verras, ça résout 80 % des problèmes de couple. »

Et pour booster tout ça version 2025, j'appelle à la barre Camille Aumont Carnel, *aka* @jemenbatsleclito – LA rock star de la sexualité libérée et libérante.

À seulement 26 ans, Camille a déjà bousculé les codes de l'intimité post-#MeToo, décroché un spot chez Forbes 30

Under 30, et créé une communauté qui fait l'amour avec humour, bienveillance... et sans culpabilité.

Voici son kit de survie sexuelle en période de Noël, période où tout le monde veut du « magique » par excellence mais oublie souvent de commencer par le matelas.

Les cinq commandements du sexe joyeux selon Camille (et validés par Mamouz) :

— rigolez pendant l'acte : un pet, un bruit de jouet qui couine, une crampe ? On rit ! Le sexe, c'est pas le Bolchoï, c'est une piste de danse avec fous rires inclus ;

— inventez votre langage sexy : marre des « viens me faire l'amour » tout droit sortis d'un téléfilm M6 ? Créez vos propres codes. C'est l'occasion d'être complice avec votre partenaire, créatif, et c'est souvent bien plus excitant ;

— testez, tâtonnez, explorez : sans pression, sans scénar porno. Juste pour voir ce qui vous plaît à vous deux. Le pire qui puisse arriver ? Un fou rire. Le meilleur ? À vous de voir ;

— parlez... mais avec le smile : un « là c'est trop » ou « plus comme ça » ne ruine pas l'ambiance, au contraire ! Dit gentiment, c'est ultra-sexy. Le consentement peut être doux, drôle, ou même murmuré ;

— aimez votre corps tel qu'il est : pas besoin d'être taillé pour les catalogues. Votre corps, là, maintenant, il est prêt pour le plaisir. Et c'est lui qu'on aime. Nu, vivant, magnifique.

Ce que dit la science : le sexe rend (vraiment) heureux !

Pendant l'acte sexuel – et surtout au moment de l'orgasme –, notre cerveau libère un petit feu d'artifice chimique : dopamine pour le plaisir, ocytocine pour la tendresse et l'attachement, sérotonine pour stabiliser l'humeur et endorphines pour l'effet antistress. Vous avez reconnu la fameuse DOSE ? La formule magique du bonheur ! Résultat ? Moins d'anxiété, plus de sérénité, et un moral regonflé – sans pilule.

Ce n'est pas tout. Des chercheurs de l'université Wilkes, en Pennsylvanie, ont démontré que les personnes qui font l'amour régulièrement boostent leur système immunitaire grâce à une augmentation des immunoglobulines A, ces anticorps qui nous protègent des virus. C'est un peu comme si le plaisir servait en plus de vaccin naturel. Le corps est bien fait, non ?

Autre bienfait non négligeable : le sexe aide à mieux dormir. Après l'orgasme, le corps libère de la prolactine, une hormone qui favorise la relaxation et l'endormissement. Une étude australienne de 2016 le confirme : l'amour, c'est aussi une excellente tisane du soir.

Côté cœur, le sexe renforce la complicité du couple. D'après la chercheuse Lori Brotto, une sexualité épanouie est directement liée à une meilleure communication, à une estime de soi renforcée et à une sensation de satisfaction dans la relation. Autrement dit, mieux on se connaît au lit, mieux on se parle ailleurs.

Pas la peine de viser la lune, un petit tour au lit suffit largement.

Bonus de Noël : faites-vous un cadeau d'un autre genre. Dites « je t'aime » avec une caresse, une attention, un fou rire sous la couette. Parce que parfois, la paix dans le monde commence sous une couette qui bouge.

Et surtout… n'oubliez pas les câlins. Parce que faire l'amour, c'est délicieux… mais s'enlacer après, c'est divin ! Lorsque vous vous blottissez dans les bras de l'autre, votre corps libère naturellement l'ocytocine, l'hormone du lien et de la tendresse. Ce simple geste réduit le stress en faisant baisser le taux de cortisol, régule la pression artérielle et stabilise le rythme cardiaque, notamment chez les femmes. Les câlins stimulent aussi les anticorps, renforcent le système immunitaire et favorisent un sentiment de sécurité et de confiance, même quand le moral flanche dans cette période souvent agitée qu'est Noël.

Rester enlacés 20 secondes ? Un magic moment, gratuit, sans effets secondaires… et qui réoxygène le cœur et l'esprit. Un vrai antistress « câlinothérapie » recommandé par la science.

Mobilisons la tendresse !

Entre partenaires, un câlin après l'amour (ou avant, ou pendant !) solidifie vos émotions, mais c'est aussi un cadeau santé.

Conclusion Mamouz Touch : décembre, c'est aussi le mois des retrouvailles, et pas seulement à table. Alors intercalez des gros câlins entre deux séances de déballage de cadeaux – et transformez cette période en vraie cure de tendresse.

– 20 –

Flemme de trouver un titre

Truc 40 : Ne faites… rien !

Et si vous embrassiez l'art subtil du *farniente* ? C'est peut-être la discipline la plus dure pour moi ! Décider de ne rien faire pendant toute une journée, s'octroyer un moment de pure détente. Un kif gratuit, à domicile – et sans culpabilité en prime !

C'est même prouvé scientifiquement ! Ne rien faire une journée par semaine permet de :

- booster votre créativité : votre cerveau adore ces moments de pause pour concocter ses meilleures idées ;
- réduire le stress : c'est comme offrir un massage zen à vos neurones ;
- améliorer votre productivité : paradoxalement, ne rien faire vous rend plus efficace quand vous faites quelque chose ensuite ;

- renforcer votre système immunitaire : c'est comme un bouclier invisible contre les microbes.

Et le meilleur dans tout ça ? On dit au revoir au FOMO, bonjour au JOMO* ! Fini la peur de rater quelque chose, place à la joie de profiter de son canapé ! C'est comme dire « non merci » à la pression sociale, mais avec le sourire. Apprenez à dire non sans culpabilité, embrassez le JOMO et offrez-vous une journée de rien du tout.

---

* FOMO : *fear of missing out*, soit la « peur de passer à côté de quelque chose ». JOMO, pour *joy of missing out* : la joie de passer à côté de quelque chose !

– 21 –

Projetez-vous !

Je manque tellement de sommeil que cette nuit,
j'ai rêvé que je dormais.

Entendu au bureau

Truc 41 : Rêvez

Chez moi, on a une petite tradition, on se dit tous avant de se coucher : « Choisis bien ton rêve ! » Et devinez quoi ? Ce n'est pas juste une jolie phrase, ça peut marcher ! Ça s'appelle le rêve lucide, et c'est comme devenir le réalisateur de son propre film nocturne.

Voici quelques astuces pour devenir un pro du rêve :

— améliorez la qualité de votre sommeil : un bon sommeil, c'est la base pour des rêves de qualité ;
— tenez un journal de rêves : notez-les dès le réveil, ça aide à mieux s'en souvenir ;
— parfumez votre oreiller avec de l'huile essentielle ;

— éteignez tous vos écrans 30 minutes avant de dormir ;
— visualisez un paysage qui vous apaise ;
— maintenez un horaire de sommeil régulier pour mieux gérer les cycles de sommeil propices aux rêves.

Alors, mes petits rêveurs en herbe, n'oubliez pas de cajoler vos rêves. Comme disait Henry David Thoreau : « Si nous avançons avec confiance vers la poursuite de nos rêves et si nous nous efforçons de vivre la vie que nous imaginons, nous pouvons nous attendre à une réussite exceptionnelle. »

Alors, on se fait un petit cinéma nocturne ? Allez, tous en chœur : « Je rêve, donc je suis… le maître de mes nuits ! » À vos marques, prêts, rêvez !

Rêver…
Ce que j'aime avec ce mot, c'est qu'il peut se lire dans les deux sens.

Truc 42 : Projetez-vous vers un avenir désirable

L'avenir appartient à ceux qui croient en la beauté de leurs rêves.

Eleanor Roosevelt

Je passe mon temps à dire à mes étudiants (je ne vous avais pas dit ? Je suis directrice d'un MBA de production audiovisuelle à l'Efap – École française des attachés de presse) de rêver en grand, au moins en ce qui concerne leur avenir. D'arrêter de dire : « J'ai peur » ou : « Ça ne sert à rien que je postule là, je n'y arriverai jamais »... Je leur demande de reposer chacune de leurs affirmations négatives en les reformulant de façon positive. J'ai aussi demandé à mon amie Yasmina Auburtin, dont j'admire énormément le parcours, de venir leur raconter les récits du futur, elle qui a créé le programme Imagine 2050, qui propose des outils et des histoires inspirants pour se projeter dans un monde souhaitable et non subi. Un peu d'espoir dans ce monde, que diable !

Et si on arrêtait de voir l'avenir comme un grand flou angoissant ? Trop souvent, on l'imagine rempli d'incertitudes, de dangers, de crises... Et si, au lieu de ça, on décidait de le rêver beau, lumineux, et surtout, désirable ? Parce que oui, l'avenir n'est pas une fatalité ; il dépend aussi de ce qu'on choisit d'y mettre.

Pourquoi c'est important ? Se projeter positivement, ce n'est pas de la naïveté. C'est une stratégie mentale puissante. Le cerveau a une fâcheuse tendance à prédire le pire pour nous protéger (merci l'instinct de survie !), ce qui nous empêche souvent d'avancer. À force d'anticiper des galères, on finit par les créer. Alors que si on s'exerce à imaginer un futur qui donne envie, on crée un mouvement vers lui. Ce qu'on nourrit dans notre tête a plus de chances de se réaliser.

Comment on fait ?

— Remplacez le : « Je crains que X » par : « J'aimerais que Y. » Par exemple, au lieu de dire : « J'ai peur de ne pas y arriver », essayez : « J'aimerais réussir cette étape avec sérénité. » C'est déjà un pas immense qui change tout !

— Visualisez le « vous » du futur : prenez un moment, fermez les yeux et imaginez-vous dans cinq ans, heureux, épanoui. Où êtes-vous ? Que faites-vous ? Avec qui ? Comment vous sentez-vous ? Détaillez chaque sensation et ancrez cette vision en vous.

— Faites un « tableau du futur » : prenez une feuille ou une appli, et notez tout ce qui représente votre avenir idéal : images, mots-clés, inspirations. Ce tableau sera votre GPS mental, pour toujours garder le cap.

— Entourez-vous de personnes qui y croient. Les pessimistes chroniques ? Très peu pour vous ! Discutez avec des gens qui voient l'avenir comme un terrain de jeux, pas comme une menace. Leur énergie est contagieuse.

— Passez à l'action, même petitement : un futur désirable ne se construit pas avec des vœux pieux. Il faut poser une première brique. Un mail envoyé, un livre lu, une rencontre provoquée... Chaque petit pas vous rapproche du monde que vous désirez voir.

L'avenir n'est pas écrit, il se façonne. Il ne dépend pas uniquement des crises, des décisions politiques ou de la météo du jour. Il dépend aussi – et surtout – de ce qu'on choisit d'en faire.

Un petit exercice express pour finir : prenez une minute et écrivez trois choses que vous aimeriez pour votre avenir. Puis demandez-vous : qu'est-ce que je peux faire aujourd'hui pour me rapprocher de cette vision ?

Ensuite, passez à l'action ! L'avenir vous attend. Et il est magnifique.

– 22 –

Trouvez votre bouton *slow*

Truc 43 : Ralentissez

S'il y a une période où l'on peut y aller mollo sans culpabiliser, c'est bien Noël ! D'ailleurs, nombre de mèmes et de blagues jouent sur cet agenda moelleux où les jours se ressemblent et sont indéfinissables entre le 26 et 31 décembre.

Si vous en profitiez et décidiez de passer une journée entière en mode slow motion, comme dans un film d'Ang Lee ? Je sais, je sais, c'est hyperdifficile de mettre sur pause nos vies trépidantes. J'en sais quelque chose ! Mais c'est justement pour ça qu'on doit ralentir ensemble. Être solidaires dans l'effort, comme pour faire un régime ou pour arrêter de fumer !

Voici quelques bonnes raisons de lever le pied :

— ça booste votre créativité : quand vous ralentissez, votre cerveau a le temps de mijoter de nouvelles

idées. C'est comme laisser une bonne sauce réduire à feu doux ;
— ça diminue le stress : moins de course folle, moins de stress. C'est mathématique ;
— ça améliore votre concentration : en ralentissant, vous êtes plus présent dans l'instant. Vous améliorez votre attention en un clin d'œil ;
— ça vous reconnecte à vous-même : quand on court tout le temps, on finit par se perdre de vue. Ralentir, c'est comme se retrouver soi-même après une longue absence ;
— ça améliore vos relations : prendre le temps, c'est aussi être plus à l'écoute des autres. C'est comme passer du fast-food au slow-food, sauf que ça ne se mange pas !

Alors, mes petits escargots en herbe, prêts à découvrir que la vie est bien plus savoureuse quand on prend le temps de la déguster ? N'oubliez pas : comme dirait ma grand-mère (si elle était coach de vie) : « La vie, c'est comme un bon vin, ça se déguste lentement ! » Alors, on écoute mamie et on ralentit ?

– 23 –

Mettez-vous aux activités de vieux !

Truc 44 : Tricotez

Il est l'heure de vous parler de ce phénomène inquiétant qui croît sournoisement dans la société, se diffuse, comme un mal rampant, en contaminant tous ceux qu'il touche… De plus en plus de jeunes sont atteints par ce nouveau fléau, j'ai nommé : les week-ends de « vieux » !

Tricot, pêche, jardinage, puzzle… la jeunesse de la décennie 2020 plébiscite les loisirs jusqu'ici associés aux seniors. Moi, je ne vous la conseille peut-être pas pour toute l'année, mais s'il y a bien une activité hautement recommandée à Noël, c'est tricoter ! Vous allez faire plaisir à mamie et à vos copines enceintes ! En plus, vous aurez des cadeaux faits maison pour vos cousins ! Mais vous savez quoi ? Le tricot, ce n'est pas juste un truc pour les mamies en chaussons. C'est une véritable révolution du bien-être ! Moi, j'ai des souvenirs inoubliables avec ma grand-mère Ninette : choisir de la laine mohair façon

Anne Sinclair et apprendre à manier les aiguilles comme une pro… Mais je ne savais pas, alors, que tricoter deviendrait un *objectif de vie*. Aujourd'hui, le tricot, c'est tendance, et ça fait un bien fou. Vous en doutez ? Laissez-moi vous convaincre avec des faits scientifiques et des anecdotes culturelles.

Ce qui était autrefois un simple passe-temps est devenu un véritable mouvement culturel. Sophie, *alias* la « Queen du Wool » de Linnea Lund, est l'illustration parfaite de cette renaissance du tricot comme quelque chose de cool et qu'on peut même revendiquer ! Des stars comme Julia Roberts ou David Arquette affichent fièrement leurs aiguilles, rappelant que le tricot n'a pas d'âge.

Une étude publiée dans *The Journal of Occupational Therapy* révèle que 81 % des tricoteurs se sentent plus heureux après une séance. Oui, chaque maille, c'est comme un shot de sérotonine pour le moral.

Voici pourquoi le tricot est une thérapie qui fait du bien :

— une gymnastique pour le cerveau : en coordonnant vos mains et en suivant des motifs, vous stimulez vos neurones. C'est une véritable séance de fitness mental ! Des chercheurs de l'université Harvard expliquent que les activités manuelles comme le tricot préviennent le déclin cognitif ;

— un antistress naturel : tricoter abaisse le rythme cardiaque et favorise un état proche de la méditation. C'est comme un cours de yoga, mais avec une écharpe un peu moche à la clé ;

— un boost d'estime de soi : chaque projet terminé (même si votre bonnet ressemble à une chaussette) procure une immense fierté. Un vrai shot de dopamine ;
— une protection des articulations : selon l'Arthritis Foundation, tricoter améliore la souplesse des doigts et aide à lutter contre l'arthrite ;
— un art qui tisse des liens : le tricot n'est pas qu'une activité solitaire. Les « cafés tricot » fleurissent partout. Les cercles de tricot sont des lieux de partage où on échange des techniques, des histoires, et beaucoup de bonne humeur. Et si vous doutez encore, sachez que Ryan Gosling lui-même s'y est mis… Alors, convaincus ?

Le saviez-vous ?
— Pendant la Première Guerre mondiale, tricoter était encouragé pour soutenir les soldats. Une façon de contribuer à l'effort de guerre tout en apaisant l'esprit.
— Gandhi utilisait le filage et le tricot pour pratiquer la méditation active et promouvoir l'autonomie.

Les chiffres qui parlent :
— une étude britannique révèle que 50 % des jeunes entre 18 et 34 ans considèrent le tricot comme une activité branchée et relaxante ;
— le tricot réduit les symptômes de la dépression chez 54 % des pratiquants, selon l'American Craft Council.

Alors, mes petits moutons en herbe, n'attendez plus ! Attrapez vos aiguilles et lancez-vous dans l'aventure du tricot. C'est bon pour votre garde-robe, pour votre esprit, et pour votre bonheur. Préparez-vous à faire claquer vos aiguilles !

Truc 45 : Réchauffez-vous !

Ah, le feu de cheminée, le spectacle hypnotisant de flammes dansantes… Et que dire de sa bande-son – ce doux crépitement – qui nous apaise ? Moi, j'adore m'asseoir et méditer devant un feu. C'est comme recevoir un énorme câlin de Mère Nature.

Mais pourquoi sommes-nous si attirés par cette chaleur réconfortante ? Il s'avère que ce n'est pas qu'une question de nostalgie des feux de camp scouts (un de mes meilleurs souvenirs d'enfance pourtant !). Même les grands penseurs se sont attardés sur la question, comme le philosophe Héraclite (550 av. J.-C.) qui voyait dans les flammes une métaphore du cosmos : un feu « toujours vivant » qui naît et s'éteint avec mesure. Ça laisse rêveur… Et si vous n'avez pas le wifi dans votre chalet de Noël, vous pouvez toujours contempler le feu de cheminée d'un air pénétré et ouvrir un dialogue philosophique avec votre famille en vous inspirant de Jakob Böhme, pour qui le feu évoquait un combat épique entre lumière et ténèbres, un équilibre fragile entre chaos et harmonie. Une véritable saga mystique, version cheminée !

Jean-Jacques Rousseau, lui, y voyait un symbole d'humanité. Autour d'un feu, on se rassemble, on murmure, on partage. Le foyer, c'est le premier « tchat de groupe » préhistorique.

Mais existe-t-il des bienfaits physiques concrets à un feu de cheminée ? Eh bien oui, pardi ! Cela procure une relaxation musculaire : la chaleur détend vos muscles fatigués plus efficacement qu'un massage suédois. Le feu de cheminée stimule la circulation sanguine et aide à éliminer les toxines accumulées. Enfin, il améliore le sommeil : la lumière tamisée des flammes favorise la production de mélatonine, l'hormone du sommeil.

Une bonne flambée avant de dormir, c'est comme une berceuse visuelle. Dingue, non ? Et puis, le feu est aussi un réconfort sensoriel : sentir l'odeur du bois qui brûle nous reconnecte à nos racines, éveillant nos sens d'une manière subtile mais puissante...

Que l'on soit écrivain, artiste ou simple rêveur, les flammes inspirent et libèrent l'imagination. Comme dirait Jim Morrison : « *Come on baby, light my fire.* »

Pas de cheminée ? Pas de panique ! Tout le monde n'a pas un foyer en pierre à disposition, surtout en ville. Mais pas besoin d'un feu réel pour recréer cette ambiance cocooning. Voici quelques alternatives :

— une vidéo de feu de cheminée sur YouTube (effet garanti !) ;

— des bougies parfumées pour la chaleur et pour la lumière douce ;
— une lampe en sel de l'Himalaya pour le glow tamisé.

Le mot de la fin ? Que vous soyez bûcheron aguerri ou citadin en manque de chaleur, le feu de cheminée reste un élément magique et universel. Il réchauffe le corps, apaise l'esprit et nourrit l'âme. Alors, comme dirait Johnny : « Allumer le feu ! » (Pardon, c'était irrésistible.)

Truc 46 : Rangez

La voisine gueule tellement fort sur ses gosses que moi aussi j'ai fini par ranger ma chambre.

Préparez-vous à faire le grand ménage de printemps de votre vie !

Vous êtes-vous déjà demandé comment vous pourriez offrir un lifting à votre intérieur et à votre esprit en même temps ? Je vous guide : vous êtes là, entouré d'un bazar pas possible, et PAF ! vous décidez de tout ranger. Ça peut rebuter sur le principe, mais je ne connais pas de meilleur moyen de faire peau neuve, dans la tête et dans la maison !

Attention, il y a peut-être un gène familial, car mes fils, après avoir parcouru tous les continents et vécu des aventures de folie, ont préféré passer leurs dernières vacances parisiennes à ranger, trier et vendre sur Vinted, en chantant leur version de la chanson de Christophe : « Et j'ai trié, triéééé… » Mais vous savez quoi ? Ils ont peut-être compris un truc que Marie Kondō ne cesse de nous répéter : ranger, ça fait un bien fou !

Et si on transformait le rangement en une véritable arme secrète pour le bien-être ? Adieu corvées sans fin, bonjour zen attitude ! Parce que ranger, mes amis, ce n'est pas se contenter de plier des chaussettes, c'est aussi plier son stress en quatre et l'envoyer valser (enfin, le ranger proprement bien au fond de la commode, avec les affaires à donner).

Prêts à donner un coup de balai à vos angoisses ?

— Le rangement est un antistress gratos ! Vous connaissez cette sensation étouffante quand votre table est submergée de paperasse, de mugs et d'un chargeur qui n'appartient à personne – comment il est arrivé là, bordel ? Ce n'est pas seulement agaçant, c'est scientifique : une maison en bazar fait grimper le cortisol, *alias* l'hormone du stress. Les chercheurs de l'université de Californie ont confirmé que ranger, c'est offrir un break bien mérité à notre cerveau. En gros, chaque tiroir trié, c'est un peu moins de chaos mental. Comme l'écrit Dominique Loreau dans *L'Art de la simplicité* : « Le désordre extérieur reflète souvent un chaos intérieur. »

— Ranger, c'est gagner (en productivité). C'est très simple : une table dégagée, c'est un esprit dégagé. Les chercheurs en neurosciences vous le diront : le bazar distrait, fatigue et vous fait perdre du temps (mais où est donc ce fichu stylo ?). Ranger, c'est réduire les distractions et booster la concentration. Un petit rangement de 10 minutes, et hop, vous passez de : « C'est la pagaille » à : « Je gère tout, easy. » Henry David Thoreau l'avait bien compris en écrivant dans *Walden* : « Simplifiez, simplifiez. » Ranger, c'est simplifier sa vie, et donc mieux la vivre.

— Un meilleur sommeil dans un lit bien fait : vous ne dormez pas bien ? Regardez autour de vous. Une chambre encombrée, c'est l'équivalent d'une playlist bruit blanc version fanfare philarmonique. Selon la National Sleep Foundation, les personnes qui dorment dans un environnement propre et ordonné récupèrent mieux. Et le must ? Faire son lit chaque matin, pour préparer son cerveau à une journée productive. Oui, oui, votre lit est l'arme secrète de votre routine. Marie Kondō nous le rappelle, dans *La Magie du rangement* : « Lorsque vous mettez de l'ordre dans votre maison, vous mettez de l'ordre dans votre vie. »

— Rangez et transpirez ! Le rangement, ce n'est pas juste du repos pour l'esprit, c'est aussi du sport pour le corps ! Soulever des cartons, nettoyer les recoins oubliés, réarranger les meubles... tout ça, ça brûle des calories (et pas qu'un peu). Bonus : en réduisant la poussière et les allergènes, vous respirez mieux.

Ranger, c'est un deux-en-un : santé mentale et physique.

— Rangement et pleine conscience : le duo gagnant ! Ranger n'est pas obligatoirement une corvée. Avec un peu d'état d'esprit zen, c'est même une forme de méditation. Plier soigneusement vos chemises ou organiser vos étagères peut devenir un moment d'évasion, comme une pause *mindfulness* en plein tumulte. Et entre nous, voir tout bien aligné, c'est le genre de satisfaction qui vaut de l'or.
— Quand tout part à vau-l'eau à la maison, c'est l'hécatombe des disputes. Vous savez que le « Mais où est-ce que t'as mis mes affaires ?! » est souvent l'étincelle qui met le feu aux poudres ? Un espace ordonné, c'est aussi plus d'harmonie familiale. On gagne en calme, on perd en tensions inutiles. Merci, rangement !

Des chiffres qui font réfléchir :
— 75 % des gens disent que le désordre leur cause du stress. Alors on respire et on organise son chez-soi ;
— 81 % des gens se sentent plus heureux dans un environnement propre et rangé ;
— un bureau propre peut augmenter la productivité de 13 %, selon une étude de l'université de Princeton.

Le mot de la fin ? Ranger, ce n'est pas juste pour faire bien. C'est bon pour votre santé, pour votre esprit et pour votre bonheur. Alors, attrapez votre balai et vos boîtes de rangement : chaque petit geste compte. À vos marques, prêts, rangez !

— Est-ce qu'on fait la chasse aux œufs dans l'appartement ?
— Bien sûr.
— Est-ce que je vais ranger un peu plus haut mon panier de sex-toys ?
— Assurément.
#jerangedoncjesuis !

Truc 47 : Dessinez

J'ai toujours été nulle en dessin. Vraiment pas ma partie. Mais quand mon pote Éric m'a proposé de participer à un atelier, j'ai dit OUI – oui, je suis une yes woman ! Et j'ai adoré ces deux heures avec le génialissime artiste Mathieu Schoettl. Je n'aurais jamais imaginé que je pourrais aimer et réussir à faire de beaux dessins ! (Vous non plus, pas vrai ?) Je vous promets qu'avec un bon prof, vous aussi serez capable de lâcher prise et de libérer votre artiste intérieur. Il a suffi qu'il me dise de dessiner avec la main gauche, ce conseil est d'une efficacité redoutable – essayez ! Je vous explique ce que ça donne…

— Côté neurosciences : dessiner avec sa main non dominante pendant au moins 15 minutes stimule l'hémisphère cérébral opposé (souvent le droit, lié à l'intuition, à la créativité, à l'émotion). Si tu es droitier et que tu dessines avec la main gauche, tu actives davantage ton hémisphère droit. Résultat ?
  ✓ Moins d'autocritique, plus de lâcher-prise.
  ✓ Des émotions qui remontent.
  ✓ Une créativité libérée.
  ✓ Un apaisement du mental rationnel.
— Côté art-thérapie : dans ce domaine, on utilise l'autre main pour exprimer ce que le mental empêche de dire. C'est un outil puissant pour...
  ✓ Sortir du perfectionnisme.
  ✓ Explorer des émotions refoulées.
  ✓ Se reconnecter à l'enfant intérieur.
  ✓ Se surprendre, tout simplement.

Le dessin, ce n'est pas juste pour les artistes en herbe. C'est un véritable remède antistress qui cartonne.

— Ça libère le stress : c'est comme vider votre sac à dos émotionnel sur une feuille de papier.
— Ça booste la concentration : fini les pensées qui partent dans tous les sens !
— Ça améliore la santé mentale : une séance de thérapie pleine de couleurs rien que pour votre cerveau ;
— Ça stimule la créativité : c'est l'heure de découvrir votre Matisse intérieur !
— Ça renforce la confiance en soi : chaque dessin terminé, c'est comme une petite victoire personnelle !

Résultat : mon mental s'est mis en mode avion. Et mon cerveau, en mode coloriage. Contre-indication : aucune, sauf si vous êtes une imprimante.

Alors, mes petits Vinci en herbe, on attrape un crayon, un bout de papier, et on se lance dans l'aventure du dessin. Qui sait, peut-être que vous créerez la prochaine collection de coloriages antistress à succès ! Allez, on se met à gribouiller ?

– 24 –

Hackez leurs coutumes

Truc 48 : Empruntez quelques traditions !

Je vous propose un kit de survie pour ne pas se transformer en Grinch.

La solution : emprunter – que dis-je ! copier-coller impunément – des traditions venues d'ailleurs pour mettre un peu de piment dans notre fête nationale du foie gras. Les cultures du monde entier ont inventé des manières plus fun, plus zen ou carrément plus folles de célébrer la fin d'année.

— S'inspirer du « Julbord » suédois : en Suède, on ne se tape pas un repas lourd façon montée de l'Everest gastronomique. On fait un buffet de Noël (« Julbord »), avec plein de petits plats à picorer : hareng mariné, boulettes, saumon gravlax… Résultat : on mange varié, on bouge, on discute… et on ne s'écroule pas à 15 heures comme un chat obèse devant un radiateur. Bonus : chacun amène quelque chose, donc moins de charge mentale pour l'hôte.

— Piocher dans la « Siesta » espagnole : le 25 décembre, après le déjeuner, on instaure la siesta collective. Oui, pour toute la famille, même pour mamie. En Espagne, on n'a pas honte de dire : « Je vais m'allonger un peu » et ça évite les disputes post-café sur la réforme des retraites.
— S'offrir un « Secret Santa » canadien : plutôt que de se ruiner en cadeaux pour tout le monde, on tire un prénom et on ne gâte que cette personne. Le reste du budget ? Des bulles, des chocolats – ou un massage post-fêtes bien mérité. Variante québécoise : ajouter un cadeau « blague » (chaussettes moches, mug kitsch…) pour détendre l'ambiance.
— Du côté des Islandais ? En Islande, il y a treize Pères Noël (« Jólasveinar »), chacun avec sa personnalité loufoque : celui qui vole les cuillères, celui qui tape sur les portes… On peut inventer nos propres Pères Noël familiaux (« Tonton Fromage qui mange tout le plateau », « Mamie Oreille qui entend tout ») et leur donner un rôle officiel.
— Tester la « Fête des Lanternes » chinoise : en Chine, on termine le Nouvel An lunaire avec des lanternes qu'on lâche dans le ciel, pour porter chance. Pourquoi ne pas écrire un vœu (ou une rancune à oublier) sur un papier, l'accrocher à un ballon biodégradable ou le brûler dans le poêle ? Symbolique et thérapeutique.

Moralité Mamouz : les traditions, c'est comme les playlists Spotify : on a le droit de les remixer. Et si on mélange la dinde française, le buffet suédois, la sieste espagnole et les lanternes chinoises, on obtient peut-être… le premier Noël vraiment cooooooool.

– 25 –

Offrez des concours improbables

Truc 49 : Déballez surprises et autres folies !

J'ai une passion secrète pour les concours à la noix.

Celui qui imite le mieux le cri d'une mouette.

Le plus rapide de la course sur un cheval balai.

Le lancer de tong professionnel… Oui, t'as bien lu. En France, sur la plage du Moutchic, à Lacanau, existe le championnat du monde de lancer de tong (« Tong Masters »). Un duo : l'un lance la tong du pied, l'autre tente de l'attraper avant qu'elle touche le sable. Rires, acrobaties, zéro dignité garantis.

Format cadeau : des tongs recyclées + un certificat ridicule + une vidéo explicative pour se lancer !

Plus chic : le lancer de soulier, version Cupidon ! En République tchèque, une tradition de Noël existe pour les cœurs solitaires : une jeune fille jette une chaussure par-dessus son épaule. Si le bout du soulier pointe vers la porte, cela signifie qu'elle se mariera l'année suivante.

Le cadeau rigolo : glisser dans la boîte une pantoufle colorée + les instructions, façon « mode d'emploi » stylisé.

Vous avez compris, à la place de la sempiternelle écharpe bleue pour papa, vous pouvez offrir à vos proches une inscription à des concours loufoques ! Fou rire assuré – et amusement tout au long de l'année.

– 26 –

Devenez Zorba !

Truc 50 : Vivez gargantuesquement

Zorba, c'est mon personnage littéraire préféré – l'ami qu'on rêve tous d'avoir, celui qui prend la vie avec légèreté sous le ciel bleu de la Grèce, mon pays d'adoption.

Sa philosophie, que j'ai faite mienne : « La vie, c'est le moment qui est devant toi. Pas celui que tu attends. » Dans le roman de Nikos Kazantzakis, et encore plus dans le film culte avec Anthony Quinn, Zorba, c'est l'incarnation pure du kefi (oui, ça s'écrit comme ça, mais ça vient du kif arabe) : cette joie explosive, viscérale, qui vous donne envie de danser le sirtaki même quand la vie vient de vous mettre une claque.

Son ADN ?

— Vivre maintenant : pas demain, pas quand tout sera « parfait ».

— Aimer la vie sous toutes ses formes : le pain chaud, le soleil sur la peau, une conversation qui dure jusqu'au lever du jour…

— Transformer les échecs en fête : souvenez-vous de la scène finale, où tout s'écroule… et où l'on danse en riant. Scène culte devenue un mème récurrent chez Mamouz !

Petit manuel pour réveiller le Zorba qui sommeille en vous

— Offrez un sourire à un inconnu (point bonus si c'est au marché en achetant des olives !).
— Mangez avec les doigts.
— Brisez une assiette chaque lundi matin – tradition grecque contre le mauvais œil. On libère les émotions et on repart à neuf !
— Dansez le sirtaki avec l'aspirateur, ça muscle et ça dépoussière vos soucis !
— Organisez une sieste collective sur le trottoir – un sit-in grec, quoi !
— Remplacez vos réunions Zoom par un karaoké Theodorakis, l'entreprise sera plus prospère (ou pas).
— Criez « Opaaa ! » chaque fois que vous trébuchez : de l'art de transformer la honte en spectacle de rue.
— Cachez une paire de sandales à paillettes sous votre bureau pour les dégainer quand la vie devient trop sérieuse.
— Invitez vos amis à un dîner grec et servez… votre spécialité, ou ce que vous pourrez bricoler avec vos restes, ou ce que vous trouverez chez l'épicier ouvert en bas de chez vous : Zorba, c'est l'improvisation avant tout.

— Faites des câlins aux statues (ça marche aussi avec les arbres, comme vu plus haut, mais les statues, c'est plus méditerranéen).
— Faites rimer vos mails pros. « Cher client adoré, voici mon devis coloré, à l'intention de vos grand yeux dorés… »

L'esprit de Zorba est simple : c'est accepter que la vie soit imparfaite, et en faire une fête. Et n'allez pas me chanter que vous n'avez pas la mer Égée à portée de main, dans ce cas, improvisez : une nappe à carreaux, un verre de vin, un peu de musique… et *opaaaaaaaa* !

Pour ne pas devenir maboule (de Noël)

Encore là ? Toujours natalophobes ? Ça m'étonnerait !

Nous avons finalement réussi à contrer ensemble le blues de Noël. Envoyons-le bouler une bonne fois pour toutes ! Strike, comme diraient les boomers ! Le plus important, et c'est le Dr Mamouz qui le dit, c'est de ne pas subir Noël mais de le sublimer en faisant une fête pour soi, pour ses amis, pour sa famille, en les surprenant, en improvisant et surtout, en sortant des conventions plombantes. Ne minimisez pas vos petits efforts, votre voix intérieure sait vous guider. Écoutez votre envie (même timide) de saupoudrer d'un peu plus de douceur cette grande tartine qu'on appelle la vie.

Mamouz n'a jamais prétendu changer le monde (déjà qu'elle oublie parfois ou elle a garé sa voiture). Mais si elle peut mettre un peu de lumière sur le vôtre, alors c'est gagné.

Vous savez quoi ? Je propose qu'on se retrouve tous ensemble pour un Nouvel An des ex-natalophobes anonymes. Un pique-nique géant. Au Stade de France, évidemment. Dress code : pull moche obligatoire, casseroles bienvenues. Et en guest star, Mariah Carey (si elle daigne sortir de sa boîte à musique).

Parce que, vous savez quoi ? Vous êtes le genre de personnes qu'on a envie d'avoir avec soi autour du sapin. Et pour tout le reste de l'année, aussi.

« Et, surtout, ayez les yeux ouverts sur le monde entier, car les plus grands secrets se trouvent toujours aux endroits les plus inattendus. Ceux qui ne croient pas à la magie ne les connaîtront jamais » (Roald Dahl, *Les Minuscules*, 1991).

Remerciements

À toutes les personnes qui m'inspirent et m'entourent et à celles qui se bougent pour rendre le monde meilleur.

Aux acharnés de l'engagement comme l'inarrêtable Sarah Barukh et mes womensch adorées.

À mes étudiants qui me boostent.

À mes copines influenceuses qui m'aident à être encore plus moi-même, *la vita è bella !*

À celles et ceux qui se battent pour changer le monde comme Julien Meimon, Yasmina Auburtin.

À mes Vincent, Mathias et Arthur adorés, ces vrais professionnels du rire.

À mon conseiller médical de talent, Julia Gleize.

À mon astrologue préf, Sophie Ravier, *love u to the astres and back*.

À mon Greg, Grec préféré, avec qui j'ai testé au moins la moitié des trucs !

À Adèle et nos échanges ininterrompus pendant nos courses estivales.

Et à la bande d'Adélaïde, plus géniaux les uns que les autres : Romain Bouillon, Emmanuelle Hutin, Laetitia Péri.

Et enfin à mes fils qui me supportent quoi que je fasse !

Table des matières

Préamboule ! 13

Bougez-vous ! 21
Truc 1 : Dansez 21
Truc 2 : Marchez 24
Truc 3 : Courez ! 27
Truc 4 : Nagez 29
Câlinez votre estomac 33
Truc 5 : Croyez aux pouvoirs de la bouffe ! 33
Truc 6 : Cuisinez ! 37
Flouez votre cerveau 41
Truc 7 : Ayez confiance en vos méninges 41
Truc 8 : Forcez-vous à sourire ! 44
Truc 9 : Allez voir des trucs drôles 45
Ayez confiance dans la nature 47
Truc 10 : Prenez des bains d'arbres 47
Truc 11 : Cultivez votre jardin ! 50
Truc 12 : Apithérapiez-vous ! 53
Truc 13 : Chatouillez vos narines 55
Riez en stéréo 59
Truc 14 : Vibrez en musique 59
Truc 15 : Jouissez des oreilles ! 62
Truc 16 : Chantez ou jouez d'un instrument (même mal) 65

Voyez la vie en rose 67
Truc 17 : Colorez votre vie ! 67
Donner, c'est recevoir 71
Truc 18 : Engagez-vous 71
Dorlotez votre team anti-blues 75
Truc 19 : Chouchoutez vos proches 75
Truc 20 : Faites-vous des copains 77
Truc 21 : Ouvrez grand vos bras ! 81
Secouez vos neurones ! 85
Truc 22 : Challengez-vous 85
Truc 23 : Apprenez 87
Rapprochez-vous des étoiles 91
Truc 24 : Conversez avec le cosmos ! 91
Truc 25 : Lisez dans les étoiles 93
Faites transpirer vos stylos 97
Truc 26 : Écrivez 97
Saupoudrez votre vie de poésie 101
Truc 27 : Profitez de chaque instant 101
Truc 28 : Mettez de la poésie dans votre vie 106
Truc 29 : Ayez un gri-gri ! 108
Truc 30 : Voyez la beauté partout 110
Montez le son de votre intuition 115
Truc 31 : Écoutez votre voix intérieure 115
Feuilletez, décollez ! 119
Truc 32 : Lisez 119
Illuminez-vous 121
Truc 33 : Ensoleillez-vous 121
Tous à la bricole-thérapie 125
Truc 34 : Faites quelque chose de vos mains 125
Mettez du toboggan pour adultes dans votre vie 127
Truc 35 : À vos tout-doux listes ! 127

Truc 36 : Réveillez votre âme d'enfant 128
Truc 37 : Contemplez les nuages 130
Osez l'Odyssée de l'âme 133
Truc 38 : Embarquez pour un voyage spirituel 133
Craquez sous la couette 135
Truc 39 : Éclatez-vous au lit 135
Flemme de trouver un titre 139
Truc 40 : Ne faites... rien ! 139
Projetez-vous ! 141
Truc 41 : Rêvez 141
Truc 42 : Projetez-vous vers un avenir désirable 142
Trouvez votre bouton *slow* 145
Truc 43 : Ralentissez 145
Mettez-vous aux activités de vieux ! 147
Truc 44 : Tricotez 147
Truc 45 : Réchauffez-vous ! 150
Truc 46 : Rangez 152
Truc 47 : Dessinez 156
Hackez leurs coutumes 159
Truc 48 : Empruntez quelques traditions ! 159
Offrez des concours improbables 163
Truc 49 : Déballez surprises et autres folies !.... 163
Devenez Zorba ! 165
Truc 50 : Vivez gargantuesquement 165

Pour ne pas devenir maboule (de Noël) 169
Remerciements 171

Composition et mise en pages
Nord Compo à Villeneuve-d'Ascq

Robert Laffont

Imprimé en France sur du papier issu de forêts gérées durablement
Impression : Imprimerie Floch
N° éditeur : 68936/01 – N° imprimeur : 107845